Adrians Geschichte

Nicolette Webel

Nicolette Webel, geboren 1967, lebt und schreibt in Hannover. Im Anschluss an die Ausbildung zur Buchhändlerin absolvierte sie ein Germanistik- und Musikstudium. Die Autorin unterrichtet seit vielen Jahren an Grundschulen.

Nach ihrem Buch *Lina, Pawel und der vergessene Garten* erscheint nun das Jugendbuch *Adrians Geschichte.*

Webel, Nicolette
„Adrians Geschichte“

1. Auflage 2021

www.april-verlag.de

Druck und Bindung: Druckerei Carl Küster GmbH, Hannover

ISBN 978-3-00-067915-5

Adrians Geschichte

Adrian

Auf den weißen Wänden des kleinen Häuschens tanzten die Lichtpunkte der einfallenden Sonnenstrahlen. Sie jagten hintereinander her, trafen einander, trennten sich wieder, um im nächsten Moment ganz zu verschwinden. Fiora beobachtete dieses Spiel schon seit Stunden und vergaß die Schmerzen, die ihr die Geburt ihres ersten Kindes bereiteten.

Neben dem großen Bett, in dem sie lag, stand die Wiege, ansonsten bot das Zimmer keine weitere Ablenkung. Die alte Hebamme lagerte Fiora so, dass diese durch das kleine Fenster auf die Lagune blicken konnte. Dann zog sie sich in den Wohnraum zurück, um sich bei einer Tasse Tee für die anstehende Geburt auszuruhen.

Fiora musste lächeln, als sie das Fischerboot erkannte. Sie wusste, dass Giulio es immer in Sichtweite zum Ufer hielt. Er hatte zunächst darauf bestanden, bei ihr zu bleiben, doch schon bei den ersten Wehen hatte die Hebamme bemerkt, dass er keine Hilfe sein würde, und ihn hinaus auf das Wasser geschickt.

„Du musst dir keine Sorgen machen, bring einen schönen Fisch mit. Wenn du zurück bist, wirst du ihn zu Ehren unseres Kindes zubereiten“, tröstete Fiora ihren Mann.

Schließlich konnte sie die Fahrt des Bootes nicht mehr verfolgen, denn eine starke Wehe setzte ein, sodass die junge Frau nach der Hebamme rief.

Giulio versuchte die Angel ruhig zu halten, da seine Aufregung sich auf den ganzen Körper übertrug. Um die Netze auszulegen, war es noch zu früh, die Sonne hatte gerade ihren höchsten Punkt erreicht und erst am Abend würde er die Reusen in das Wasser hinablassen und an den langen Holzpfählen anbinden. Immer wieder blickte Giulio zur Insel, unsicher, ob es richtig gewesen war, die beiden Frauen sich selbst zu überlassen. Er befreite einen Fisch von dem Haken und bettete ihn in das vorbereitete Eis. Nun spürte Giulio, wie müde er war, denn er hatte die vergangene Nacht gearbeitet und einen guten Fang mit nach Hause gebracht. Die Lagune zeigte sich von ihrer versöhnlichen Seite und ein seichter Wellengang ließ ihn in einen tiefen Schlaf fallen.

Als er wieder aufwachte, beobachtete Giulio beschämt, dass die Sonne sich bereits in einen orangenen Feuerball verwandelt hatte. Er fuhr zurück zur Insel, machte das Boot fest und rannte zu dem kleinen Haus. Die Stille, die ihn dort empfing, erschreckte Giulio so sehr, dass er in das Schlafzimmer stürzte, darauf gefasst, in sein Unglück zu laufen. Dann hörte er die gleichmäßigen Atemzüge und versuchte sofort seine polternden Bewegungen abzufangen, denn er verstand, dass sich Fiora von den Anstrengungen ausruhte. Behutsam näherte er sich der Wiege. Der

Anblick seines Kindes berührte ihn zutiefst. Giulio überlegte, wie er, ohne das Kind und die Mutter zu wecken, erfahren könnte, ob er eine Tochter oder einen Sohn bekommen hatte.

„Es ist ein Junge, Giulio, und es geht uns beiden gut“, vernahm er die Stimme seiner Frau.

Giulio ging zu Fiora und küsste sie auf die Stirn, gemeinsam betrachteten sie ihr Kind.

„Siehst du, er hat schon Haare, sie sehen deinen roten Bartstoppeln sehr ähnlich.“

Ihr Sohn öffnete die Augen, sie waren dunkel und glänzten sanft. Als wäre das noch nicht genug, um seine Eltern ins Schwärmen verfallen zu lassen, lächelte er sie an.

„Fiora, er hat das schönste Lächeln, das ich jemals gesehen habe, und wie hübsch er ist, schau doch, kannst du ihn auch richtig sehen?“

In diesem Moment kam die alte Hebamme herein.

„Was siehst du ihn dir nur an? Nimm ihn heraus!“

Als sie beobachtete, wie unbeholfen Giulio an die Wiege herantrat, hob sie den Jungen von dem Kissen und legte ihn seinem Vater in die Arme.

„Stütze sein Köpfchen mit dieser Hand, mit der anderen kannst du ihn festhalten.“

Zunächst noch etwas ängstlich löste sich Giulios Befangenheit schnell auf und er begann durch das Zimmer zu tanzen.

„Nun ist es aber genug, dem kleinen Kerl schwirrt sicherlich schon der Kopf“, sagte die Hebamme lachend und nahm das Kind.

„Wie heißt er denn nun, euer Sohn?“, erkundigte sie sich.

Kopfschüttelnd betrachtete sie die jungen Eltern, die sie erstaunt anblickten. Fiora und Giulio hatten sich bisher auf keinen Namen einigen können.

„Adrian, das ist ein schöner Name und er passt sehr gut, schließlich ist das Kind hier auf der Insel Hadria geboren. Adrian bedeutet: Der Mann, der aus Hadria kam. Da das nun geklärt ist, solltest du dich um den Fisch kümmern, und ich helfe Fiora, dass auch Adrian seinen Hunger stillen kann“, fügte die Hebamme hinzu, nachdem das glückliche Paar ihrem Vorschlag begeistert zugestimmt hatte.

Auch wenn die Dunkelheit sich inzwischen über die Insel gelegt hatte, entschloss Giulio sich, den Fisch draußen über der Feuerstelle zu grillen. Er war es gewohnt, die Nacht im Freien zu verbringen, und heute sehnte er sich besonders danach, die frische Luft einzuatmen, die salzige Feuchtigkeit des Meeres auf seinen Lippen zu schmecken und die Brandung des Wassers an die Uferbefestigung schlagen zu hören. Es half ihm dabei, den Kopf freizubekommen und die Ereignisse der letzten Stunden zu begreifen.

Er blickte zu den Lichtern der Boote. Über ihm erhellte ein klarer Sternenhimmel die Sicht und in der Ferne erkannte Giulio das strahlende Panorama Venedigs. Er war wie Adrian auf der Insel geboren. Hadria gehörte zu den kleineren Inseln, die in der Lagune davor lagen. Wie fast alle Männer hier verdiente er als Fischer sein Geld. Fioras Elternhaus befand sich in einem der alten Arbeiterviertel Venedigs. Als Venezianerin liebte sie ihre Stadt. Und Giulio musste ihr recht geben. Zwar schreckten ihn die Größe und die mit Menschen überfüllten Plätze ab, aber Venedig hatte etwas Einzigartiges und Geheimnisvolles an sich. Auf dem Wasser erbaut, prägten unzählige Kanäle und Brücken das Stadtbild. Die Menschen bewegten sich auf Booten oder zu Fuß und man wusste häufig nicht, wo die Gassen endeten. Dreimal in der Woche fuhr er nach Venedig, dort brachte er seinen Fang den Fischverkäufern, die unter den Dächern des Rialto, dem größten Markt der Stadt, ihre Stände aneinanderreihten. Außerdem steuerte Giulio die Inseln der Lagune an, belieferte Klöster und die Hotels, die sich an den Badestränden, die ihn immer an das abgewickelte Tuch eines unendlich langen Turbans erinnerten, erstreckten.

Giulio musste lächeln, als er daran dachte, wie er Fiora kennengelernt hatte. Sein Weg zum Rialto führte ihn an einer Kirche vorbei. Einmal hatte er ein Lied gehört, das von einer Frau gesungen wurde, die sich offensichtlich trotz des gerade anbrechenden Tages schon in der Kirche aufhielt. Ihre Stimme war dunkel und etwas rau, gleichzeitig hatte sie aber einen perlenden und berührenden Klang. Giulio kannte das Lied von den Männern, die es sangen, während sie die Holzpfähle, auf denen Venedig erbaut wurde, in die Tiefen des Lagunenbodens stemmten. Da es noch früh genug war, ging er zum geöffneten

Kirchenportal und versuchte, die Sängerin auszumachen. Sie kniete in der Mitte der Kirche, zwei kleine Kissen unter ihre Knie geschnallt und ein Tuch um das Haar gebunden, wohl um die lockigen Strähnen zu bändigen. Als sie aufsah, starrte Giulio sie an und verliebte sich augenblicklich in die junge Frau.

„Du möchtest die Kiste sicherlich nicht in der Kirche abstellen, oder sollen die armen Fische noch ihren letzten Segen erhalten, bevor du sie zum Markt trägst?“, neckte sie Giulio.

Dieser erwiderte nichts, also ergriff die Fremde erneut das Wort: „Bring sie zu den Händlern und komm hinterher wieder, dann zeige ich dir meine Arbeit.“

Giulio nickte und lief, so schnell er konnte, davon.

„Giulio, wo bleibst du denn mit dem Fisch?“ Der Ruf der Hebamme riss ihn aus seinen Träumen. „Dein Sohn liegt gesättigt und zufrieden in seiner Wiege und schläft, aber auch Fiora und ich verdienen nun eine Stärkung.“

Also beeilte sich Giulio, den Fisch von der Feuerstelle zu nehmen.

„Gib mir den Fisch, ich zerlege ihn. Fiora sollte heute noch nicht aufstehen, trag also bitte den Tisch an das Bett, sodass wir uns zu ihr setzen können“, entschied die Hebamme.

Giulio schaute zuerst nach seiner Frau und seinem Sohn, dann stellte er einen kleinen Tisch und zwei Stühle in das Schlafzimmer und half anschließend beim Auftragen des Essens. Seinen Stuhl hatte er so ausgerichtet, dass er die Wiege im Auge behalten konnte. Da Adrian schlief und die beiden Frauen sich leise unterhielten, trugen die Gedanken ihn wieder fort zu dem Tag, an dem er Fiora kennenlernte.

Die Fremde in der Kirche kniete noch am selben Platz und nahm keine Notiz von dem einzigen Besucher. Ihre Augen durch eine große Brille geschützt, bearbeitete sie mit einem Hämmerchen den Boden. Giulio setzte sich in eine Kirchenbank, fasziniert betrachtete er die kontrollierten Bewegungen der schönen Unbekannten. Sie trug nun dünne Handschuhe und mit einer winzigen Zange löste sie kleine Stücke aus dem Belag. Nachdem einige der Plättchen in einer Schachtel verstaut waren, richtete sie sich auf, nahm die Brille und das Tuch ab und schüttelte ihr langes Haar.

„Da bist du ja wieder, gefällt dir das Mosaik?", empfing sie ihren Verehrer.

Giulio, der bisher nur Augen für die junge Frau gehabt hatte, trat näher heran und begutachtete das gleichmäßige Muster.

„Es ist sehr schön! Hast du es gelegt? Wie heißt du eigentlich? Mein Name ist Giulio."

„Fiora, so haben meine Eltern mich genannt. Nein, Giulio, es ist schon sehr alt, ich restauriere das Mosaik, damit es erhalten bleibt", erklärte Fiora ihm bereitwillig.

„Das Mosaik ist wirklich beeindruckend, allerdings fehlt mir etwas die Farbe, ich meine, es besteht schließlich nur aus weißen, braunen und ein paar roten Steinchen“, traute sich Giulio zu sagen.

„Gerade das gefällt mir so gut an dieser Arbeit, aber wenn du möchtest, kann ich dir Mosaike zeigen, die aus allen Farben zusammengesetzt sind, die du dir nur vorstellen kannst.“

Ein leises Kichern holte Giulio aus der Vergangenheit in das Schlafzimmer des Hauses zurück und er sah gerade noch, wie die alte Hebamme den Raum verließ. Dann hörte er die Eingangstür ins Schloss fallen. Zum ersten Mal war Giulio mit Fiora und dem kleinen Adrian allein. Seit er seine Frau kennengelernt hatte, meinte er, der glücklichste Mann auf der ganzen Welt zu sein. Doch nun fühlte er, dass das Glück noch größer sein konnte, denn erst jetzt waren sie eine Familie. Fiora, die Giulios glänzende Augen sah, reichte ihm das Taschentuch, das sie von Giulio einmal geschenkt bekommen hatte. Es war aus feinster venezianischer Spitze gefertigt und es wirkte so verloren in den großen Händen, die es gewohnt waren, harte Arbeit zu verrichten, dass Fiora lachen musste:

„Eigentlich hätte ich dir längst ein Dutzend Taschentücher schenken müssen, denn du könntest sie viel häufiger benutzen als ich.“

Es stimmte, Giulio musste schnell weinen, wenn er einen traurigen Film ansah, Freunde verabschiedete oder auch vor Freude und Rührung. Fiora gab ihm einen Kuss, schüttelte sich und behauptete, dass er doch zu sehr nach salzigen Tränen geschmeckt habe. Dann ließ sie sich in ihr Kissen zurückfallen und schlief sofort ein. Auch Giulio spürte die Müdigkeit in sich aufsteigen, er räumte auf, versicherte sich, dass es Adrian an nichts fehlte, und legte sich neben Fiora auf das Bett.

Ausfahrten in einer Fischkiste

„Komm, mein Kleiner, wir fahren zusammen hinaus. Mama muss noch etwas länger arbeiten."

Giulio zog Adrian an, prüfte, ob die Mütze richtig saß, klemmte ein warmes Kissen unter den Arm und machte sich auf den Weg zu seinem Boot. Es lag in einem Hafen, der sich an einem Kanal im Inneren der Insel befand. Er nahm eine Kiste, säuberte sie gründlich und polsterte sie mit dem Kissen aus.

„Du bist gewachsen, siehst du? Die Kiste ist zu klein für dich."

Also suchte Giulio ein größeres Behältnis und legte seinen Sohn hinein. Dieser lächelte seinen Vater an, während er ein paar unverständliche Laute von sich gab. Das gleichmäßige Tuckern des Motors und das Geräusch des vor dem Boot ausweichenden Wassers ließen den Jungen schnell ermüden und das Bild des funkelnden Sternenhimmels machte den Beginn seiner Träume aus.

Nachdem Giulio seine Arbeit vorerst beendet hatte, fuhr er zurück zur Insel und übergab Adrian an Fiora. Der Säugling, der sich an den wärmenden Körper seiner Mutter schmiegte, öffnete nur kurz die Augen, trank die dickliche, süße Milch und war wieder eingeschlafen, noch bevor er in seiner Wiege lag.

Am anderen Morgen erwachte Fiora sehr früh, sie öffnete die Fensterläden und sah, dass ihr Mann gerade in den Kanal hineinfuhr. Adrian hatte sie in der Nacht nur einmal geweckt, ein Blick in die Wiege zeigte ihr, dass er schlief. Fiora wusste, dass sich Giulio über einen starken Kaffee freuen würde, und ging in die Küche, um das Frühstück zu bereiten. Das Häuschen, in dem sie nun zu dritt wohnten, war nicht groß, aber geräumig genug. Auf Hadria waren die Häuser, so wie in den anderen Fischerdörfern, in unterschiedlichen Farben gestrichen. Jede Familie wählte ihre Lieblingsfarbe aus und beanspruchte für sich das schönste Rot, das an die vollen Lippen einer Frau erinnerte, das herrlichste Gelb, das die Wärme der einfallenden Sonnenstrahlen widerspiegelte, oder das kräftige Grün der sich im Wasser schlängelnden Algen ausgewählt zu haben. Ihr eigenes Haus erkannte man schon von Weitem an dem leuchtenden und doch warmen Blauton, der alle Schattierungen vereinigte, die der Himmel und das Wasser hier anzubieten hatten. Die dazu farblich passenden Fensterläden und eine fast das gesamte Haus einnehmende, violett blühende Kletterpflanze vervollständigten das Bild.

Die ansässigen Familien hatten drei gemeinsame Treffpunkte: Den Hafen, eine kleine Kapelle und die Trattoria, in der einfache Speisen und Getränke serviert wurden. An die Trattoria schloss sich ein Raum an, in dem die Einheimischen und die Tagesgäste das Nötigste einkaufen konnten.

Außer Fiora und Giulio wohnte noch ein jüngeres Ehepaar auf der Insel, dessen Sohn Luca genau drei Tage nach Adrian auf die Welt gekommen war. Rosanna und Sergio besaßen die Trattoria mit dem kleinen Laden. Schon vor der Geburt ihrer Söhne waren die vier eng befreundet und verbrachten viel Zeit miteinander. So war es nicht verwunderlich, dass ihre Kinder ebenfalls beste Freunde werden sollten. An den Sonntagen blieb Giulio zu Hause und auch Fiora arbeitete nicht. Meistens unternahmen sie dann lange Spaziergänge am Strand. Als Adrian etwas älter war, bauten sie mit ihm riesige Sandburgen oder legten Muster mit den Muscheln, die sie vorher gesammelt hatten. Adrian liebte es, die Strandkrabben zu beobachten, die mit aufgerichteten Scheren seitwärts dem Wasser zueilten, sobald sie sich verfolgt fühlten. Bei schlechtem Wetter traf sich die kleine Familie mit Rosanna, Sergio und Luca zum Spielen und gemeinsamen Kochen. Bei diesen Zusammenkünften kam es nicht selten vor, dass die Väter, ihre Kinder in den Armen, für die Frauen tanzten und diese nicht genug vom Zusehen bekommen konnten.

Während der Woche kümmerte sich Fiora so lange um Adrian, bis Giulio vom Fischen zurückgekehrt war und ein paar Stunden geschlafen hatte, dann verließ sie Hadria und arbeitete in Venedig oder auf einer anderen Insel der Lagune. Giulio brachte Adrian anfangs zum Stillen zu Fiora.

„Ich glaube, dass unser Sohn das einzige Kind ist, das auf wertvollen Mosaiken seine Mahlzeit einnimmt“, stellte Fiora lachend fest.

Giulio hatte inzwischen viel über Mosaike gelernt. Er wusste, dass seine Frau eine sogenannte Mosaizistin war, die sowohl alte Kunstwerke restaurierte als auch neue Mosaike legte. Fiora liebte das Restaurieren aber mehr.

„Es hat etwas Geheimnisvolles an sich, es ist, als wäre ich mit den Künstlern von damals verbunden, als führten sie mir die Hand und erklärten mir die Geschichten, die sie mit ihren Bildern erzählen wollen“, sagte sie immer.

Fiora hatte schon als junges Mädchen gewusst, dass sie einmal eine Mosaizistin werden würde. Ihr Vater arbeitete damals in der einzigen Mosaikfabrik Venedigs. Da sie seit jeher ein sehr willensstarkes Wesen hatte und meistens alles in die Tat umsetzte, was sie für richtig hielt, schaffte Fiora es, nach ihrem Schulabschluss als erste Frau in der Mosaikfabrik eine Lehrstelle zu bekommen. Sie schloss die Ausbildung mit Auszeichnung ab und verließ Venedig, um an einer berühmten Schule die Kunst des Mosaiklegens zu erlernen. Nun war Fiora eine der besten Mosaizistinnen in Venedig und auch über die Lagune hinaus bekannt.

Es gab noch eine andere Geschichte, die Giulio über Fiora erfahren sollte. Nachdem sie einige Wochen ein Paar waren, nahm sie ihn mit zu ihren Eltern und stellte ihren Freund vor. Den ganzen Abend beobachtete Fioras Vater Giulio argwöhnisch, wenn auch nicht abweisend. Später führte Fioras Vater Giulio auf den Platz hinaus. In jeder Ecke standen Blumentöpfe, die mit Kräutern, Oleanderbüschen und anderen, meist bunt blühenden Pflanzen gefüllt waren.

„Erkennst du sie wieder?“, fragte er Giulio. „Die Blüte, meine ich. Fiora trägt sie im Haar. Jeden Morgen, seit sie ein kleines Mädchen ist, pflücke ich für meine Tochter eine Blüte, schließlich trägt sie den Namen Fiora - die Blüte.“ Der alte Mann sah Giulio tief in die Augen. „Pass immer auf sie auf, hörst du, sei für sie da und pflücke ihr jeden Morgen eine frische Blüte.“

Giulio hatte es seitdem nicht einen Tag versäumt, die Blüte in Fioras Haar zu stecken. Neben ihrem Haus stand ein Baum, der dadurch besonders war, dass seine Blüten nicht nur an den Ästen, sondern auch an dem dicken Stamm des Baumes wuchsen. Diese Blüten liebte Fiora am meisten. Manchmal besuchte Giulio bei seinen Aufenthalten in Venedig Fioras Eltern, dann machte er ihren Vater besonders glücklich, wenn er um eine frische Blüte für Fiora bat.

So wie es üblich ist, werden in Familien einige Traditionen weitergeführt, aber es kommen auch neue hinzu. Fiora begleitete, zusammen mit Adrian, ihren Mann am Abend zum Boot. An einer Stelle war das Wasser der Lagune für Adrian gut zu erreichen. Giulio nahm die Blüte aus dem Haar seiner Frau, legte sie seinem Sohn in die Hand und Adrian setzte die Blüte vorsichtig auf das Wasser. Nachdem sie einen Moment zugeschaut hatten, wie sich die Blüte entfernte, wusste Adrian, dass sein Vater nun hinausfahren würde und es für ihn an der Zeit war, schlafen zu gehen.

Auch als Adrian längst nicht mehr gestillt werden musste, besuchte sein Vater mit ihm Fiora an ihren Arbeitsplätzen. Giulio zeigte seinem Sohn Venedig. Wenn Adrian nicht mehr laufen konnte, trug er ihn auf seinen Schultern. Dem kleinen Jungen gefiel die Stadt, denn dort gab es allerhand zu entdecken. Nur vor den Gesichtern aus Stein, die mit offenen Mündern darauf zu warten schienen, ihn verspeisen zu können, hatte er Angst. Seinen Fang hatte Giulio dann natürlich längst bei den Händlern auf dem Markt abgeliefert. Aber Adrian konnte nie genug bekommen von den Fischen, die auf den Eisflächen der Stände lagen, den lebendigen Hummern, die in ihren gläsernen Gefängnissen auf ihr Schicksal warteten, oder den Tintenfischen, an deren ausgebreiteten Fangarmen die saugenden Näpfe nutzlos geworden waren. Am meisten beeindruckten ihn jedoch die Schwertfische, deren bedrohlich spitz zulaufende Waffe sie nicht hatte schützen können. Die Fischverkäufer machten sich häufig einen Spaß mit Adrian und reichten ihn über die Stände hinweg, dabei zeigten sie ihm die unheimlichsten Exemplare ihres reichen Angebots. Beim Verlassen des Marktes verabschiedete der stolze Markuslöwe die Besucher. Das Wahrzeichen der Stadt richtete sich, abgebildet auf roten Stoffbahnen, die an den Mauern befestigt waren, majestätisch auf. Adrian duckte sich jedes Mal, wenn Giulio mit ihm unter den steinernen Bögen hindurch ins Freie trat, offensichtlich befürchtete er, dass der Löwe vielleicht doch einmal lebendig werden könnte.

An manchen Tagen führten die Ausflüge Giulio und seinen Sohn auf eine Insel, in deren Mitte ein großes Kloster thronte. Der Fischer kannte die Mönche, die dort lebten, da er ihnen regelmäßig fangfrische Ware brachte. Besonders zu einem älteren Mönch verband ihn über die Jahre eine Freundschaft. Als Fiora beauftragt wurde, das wunderschöne Mosaik des Klosters zu restaurieren, schloss auch sie den Mönch in ihr Herz. Bruder Francesco freute sich, wenn Giulio und Adrian zu Besuch kamen. Sogleich lief er in die Klosterküche, holte ein Glas der berühmten Rosenmarmelade, häufte etwas von der köstlichen Süßigkeit, die hier im Kloster aus den Blütenblättern einer bestimmten Rose gekocht wurde, auf einen Löffel und ließ Adrian davon probieren.

Schon bald waren Adrian und sein Freund Luca alt genug, um sich gegenseitig alleine zu besuchen. Luca liebte es, dabei zuzusehen, wie Giulio seinen Fang begutachtete, und Adrian kümmerte sich oft um die Tiere, die Lucas Eltern auf ihrem Grundstück hielten. Die Insel war ein Paradies, wie ein riesiger Abenteuerspielplatz bot sie lange alles, was die beiden Jungen zum Glücklichsein brauchten.

Signor Orlando und Signora de Rosa

Die Jahre vergingen und schließlich war es so weit, dass Adrian und Luca zur Schule gehen sollten. Das Boot, mit dem sie nach Venedig fuhren, wurde abwechselnd von zwei älteren Schulkindern gelenkt. Zu dieser frühen Stunde zeigte sich die Lagune bereits herbstlich. Adrian und Luca fröstelten vor Müdigkeit, aber auch, weil sie heute ihren ersten Schultag haben würden. Ein stetiger Wind, der nach Salz und Seegras roch, ließ die Feuchtigkeit in ihre Kleidung eindringen, trotzdem liebten sie die Überfahrt mit dem Boot. Luca behauptete, dass niemand außer ihnen und ein paar Vögeln bisher aufgestanden wäre.

In Venedig nahmen zwei Brüder die kleineren Jungen zwischen sich und achteten darauf, dass sie nicht verloren gingen. An jeder Ecke warteten Ablenkungen auf die neugierigen Erstklässler. Aufmerksam bemerkten Luca und Adrian, wie sich die Plätze allmählich mit Menschen füllten und die Stille immer mehr von den Rufen der Händler und den zur Arbeit Eilenden durchbrochen wurde.

Der Haupteingang des alten Schulgebäudes lag an einer belebten Gasse, während an der Rückseite der Fassade ein gewaltiges Tor den Weg zu einem Bootsanleger frei machte. Die großen, bogenförmigen Fenster ließen viel Licht in das Innere und eine breite Treppe führte in die verschiedenen Stockwerke. Die Räume waren einfach möbliert und besonders die Stühle schienen nicht dazu gemacht zu sein, einen langen Schultag darauf zu verbringen. Umso prächtiger gestaltete sich die mittlere Etage, in der sich die Aula und die Mensa befanden. Wunderschöne Wandmalereien und ein wertvoller Terrazzoboden zeugten von einer anderen Zeit, die dieses Gebäude einmal erlebt haben musste. Die Schule war im selben Viertel, in dem auch Adrians Großeltern wohnten. Der Junge hatte sich schon ausgemalt, wie er fliehen und an ihre Tür klopfen würde, wenn ihm in der Schule allzu Schlimmes widerführe. Doch er fühlte sich von Anfang an sehr wohl, besonders gefiel ihm der Balkon, der sich über die gesamte Länge an ihren Klassenraum fügte und der den Blick auf den Kanal freigab.

Gleich am ersten Tag wussten Luca und Adrian, dass sie großes Glück mit ihrem Klassenlehrer hatten. Nachdem alle an ihren Pulten saßen, begrüßte ihr Lehrer sie mit den Worten: „Guten Morgen, ich bin euer Klassenlehrer und heiße Signor Orlando. Ihr dürft mich aber bei meinem Vornamen nennen."

Sofort meldete sich ein Mädchen, das in der ersten Reihe saß: „Aber wie heißen Sie denn?", wollte sie wissen.

„Das sagte ich bereits“, gab Signor Orlando dem verdutzten Mädchen zur Antwort.

Mit quietschender Kreide schrieb er ein Wort an die Tafel, drehte sich wieder um und sah seine Klasse erwartungsvoll an. Als er in zweiundzwanzig fragende Augenpaare blickte, stellte er grinsend fest: „Ihr könnt nicht lesen, stimmt das? Das ist nicht weiter schlimm, dafür seid ihr ja nun in der Schule und wir werden es zusammen schnell ändern! Der erste Buchstabe sieht aus wie euer runder Bauch, wenn ihr zu viel von Signora Bianchis köstlicher Eiscreme gegessen habt, es ist das große O. Den letzten Buchstaben solltet ihr nun kennen, schließlich sieht er dem ersten sehr ähnlich, nur dass er etwas kleiner geraten ist. Wie ihr euch sicherlich schon gedacht habt, ist es das kleine o.“

Nun wartete Signor Orlando einen Moment, damit seine Erklärungen in den Köpfen der Kinder Platz nehmen konnten.

„Das kleine r hier erinnert mich in der Form an den Gehstock meines Großvaters“, überlegte er laut.

So führte ihr Lehrer das Alphabet ein. Die lustigen Geschichten, die er sich ausdachte, trugen dazu bei, dass sich bald eine Fröhlichkeit in den Kindern ausbreitete und niemand mehr Angst hatte oder unglücklich darüber war, die nächsten Jahre in diesem Klassenraum verbringen zu müssen.

„Nun kennen wir Ihren Namen doch immer noch nicht“, meldete sich das beharrliche Mädchen erneut zu Wort.

„Aber da steht er doch, mein Name!“, erwiderte Signor Orlando kopfschüttelnd.

Ein schüchterner, blasser Junge, der bisher noch nichts gesagt hatte, rief voller Begeisterung aus: „Orlando, so heißen sie vorne und hinten!“

Signor Orlando klatschte Beifall und lobte den Jungen. „Das hast du gut erkannt, du kannst wohl doch schon etwas lesen. Orlando Orlando, so haben mich meine Eltern genannt, und, wie gesagt, ich überlasse es euch, ob ihr mich bei meinem Vornamen oder bei meinem Nachnamen nennt.“

Die Stunde endete in einem lauten Gelächter und Signor Orlando Orlando schickte die Kinder in die Pause.

Als sie wieder in ihren Raum kamen, saß eine ältere Dame hinter dem Pult. Erst nachdem alle ihre Plätze eingenommen hatten, richtete sie sich auf und sagte: „Da seid ihr also, meine Lieben, seid willkommen in dieser Schule, mein Name ist Signora de Rosa und ich werde euch in den wunderschönen Fächern Musik und Kunst unterrichten. Heute aber beginnen wir mit der Mathematik.“

Die Kinder bemerkten schnell, dass Signora de Rosa die künstlerischen Fächer mehr liebte und ihre Begeisterung übertrug sich auf die Klasse. Das Interesse der Lehrerin für die Mathematik erschöpfte sich darin, in einfachen Worten die Regeln zu erklären, danach diktierte sie die Aufgaben, und alle verbrachten den Rest der Stunde damit, sie zu lösen.

Währenddessen kramte Signora de Rosa ein Paket aus ihrer übergroßen Handtasche, wickelte das Geschirrtuch, in welches es gehüllt war, behutsam ab und zum Vorschein kamen eine silberfarbene Espressokanne und eine hübsch bemalte Tasse. Mit einem letzten Blick auf ihre Schützlinge begab sie sich auf den Balkon und setzte sich mit Sicht auf das Wasser an einen kleinen Tisch. Die Kinder wussten, dass sie nur gestört werden durfte, wenn die Aufgaben ohne ihre Hilfe wirklich nicht zu bearbeiten waren. Signora de Rosa versank in diesen Minuten in eine andere Welt, aber niemand nahm ihr das übel, denn alle schlossen die Lehrerin schnell in ihr Herz. Im Winter stellten sie, noch bevor die Stunde begann, einen Stuhl vor die Heizung, damit die Signora ihren Espresso dort genießen konnte.

Schon bald mussten Luca und Adrian den Weg zur Schule durch die Gassen Venedigs alleine finden, denn die Brüder meinten, ihre Aufgabe nun erfüllt zu haben. Fast an jeder Ecke blieben die Freunde stehen, um sich gegenseitig etwas zu zeigen.

„Siehst du das Haus da vorne, ich bin schon einmal mit meinem Vater dort gewesen. Die Wände sind ganz mit Gold überzogen!“, berichtete Adrian, stolz, dieses Geheimnis zu kennen.

Als sie näher herangegangen waren, betrachtete Luca das Haus fachmännisch.

„Ich glaube nicht, dass es echtes Gold ist, das wäre viel zu teuer!“, enttäuschte er Adrian.

„Doch, Papa hat es mir so erzählt. Sicher wohnte früher ein König oder wenigstens eine Prinzessin in diesem Palast", ließ dieser sich nicht beirren.

Luca interessierte sich viel mehr für die Pasticceria, eine italienische Bäckerei, die in ihrem Fenster eine große Auswahl an Köstlichkeiten präsentierte. Obwohl er immer ein Paket mit Broten von zu Hause mitbekam, konnte Luca es fast nie lassen, sich von seinem Taschengeld ein süßes Teil zu kaufen.

„Hast du die schon einmal probiert? Sie schmecken unglaublich gut, besonders die Vanillecreme musst du dir auf der Zunge zergehen lassen!", empfahl Luca und war auch schon im Inneren des Ladens verschwunden.

Adrian beobachtete, dass Luca längst nicht an allen Geschäften Halt machte, denn dieser wusste genau, wo das Angebot gut war, und man konnte ihn schon in seinen jungen Jahren einen Feinschmecker nennen. Adrian fragte sich immer, wie Luca es anstellte, spindeldürr zu sein, denn er aß viel mehr als er selbst. Wahrscheinlich lag es daran, dass Luca ihn schon jetzt um mindestens zwei Köpfe überragte, obwohl auch er nicht gerade klein war. Sein Freund benötigte das viele Essen anscheinend für den stetig in die Höhe strebenden Körper.

Luca und Adrian bemerkten nie, wie die Minuten verrannen. Zweimal zeigte sich ihr Lehrer gnädig mit ihnen, doch als sie das dritte Mal in einer Woche zu spät zum Unterricht erschienen, erhielten sie eine deutliche Verwarnung von Signor Orlando. Als er sah, wie bekümmert seine beiden Schüler nun an ihre Plätze eilten, schlug er energisch das Buch zu.

„Ihr habt recht, zieht eure Jacken an und folgt mir." Die Kinder blickten ihn erstaunt an, also erklärte er ihnen: „Nun macht schon, Venedig ist groß und wenn wir auch nur ein bisschen davon erkunden wollen, müssen wir uns beeilen!"

Mehrere Stunden durchwanderte Signor Orlando mit seiner Klasse Venedig und zeigte den Kindern seine Lieblingsplätze. Am Schluss wusste niemand mehr, wie viele der unzähligen Brücken sie überquert hatten, und alle staunten über die Menge an Kirchen, die in der Stadt zu finden waren. Erst als es Zeit wurde, für das Mittagessen die Mensa aufzusuchen, kehrten sie zur Schule zurück.

„Heute habt ihr nur ein wenig von der Einzigartigkeit dieser Stadt gesehen, aber ich denke, dass es fürs Erste ausreicht. Adrian und Luca, ihr solltet auch weiterhin interessiert an allem sein, doch entweder müsst ihr etwas früher von zu Hause aufbrechen oder euren Rundgang nach dem Unterricht fortsetzen", verkündete er augenzwinkernd und schickte seine hungrige Klasse zum Essen.

Tosca

Ungefähr ein halbes Jahr, nachdem die Freunde eingeschult worden waren, betrat Orlando Orlando mit einem fremden Mädchen den Klassenraum. Auf ihrem kurzen braunen Haar trug sie einen großen Hut, in den bunte künstliche Blumen geflochten waren und der sie fast zu erdrücken schien. Da kein Platz mehr frei war, rückten Luca und Adrian näher zusammen und forderten das Mädchen auf, sich neben sie zu setzen.

„Das ist Tosca, sie kommt aus Genua und ist erst gestern mit ihren Eltern nach Venedig gezogen. Kümmert euch etwas um sie und zeigt ihr bitte alles", stellte Signor Orlando die neue Schülerin vor.

Als es zur Pause klingelte und die Kinder aus der Klasse rannten, hielt der Lehrer einen Jungen und ein Mädchen zurück.

„Oh nein, ihr beiden werdet mir helfen, einen schönen Platz für Tosca herzurichten."

Es war ihm nicht entgangen, dass die Kinder über Toscas eigenartige Kopfbedeckung gelacht hatten. Nach der Pause stand ein weiterer Tisch neben dem Pult der Jungen. Tosca setzte sich zwischen Adrian und Luca, und niemand wagte es mehr, sich über ihren Hut lustig zu machen.

Zweimal in der Woche endete die Schule früher. An diesen Tagen besuchte Adrian seine Großeltern und aß bei ihnen zu Mittag. Luca, der die Kochkünste von Adrians Großmutter schätzte, begleitete ihn häufig. Auch Tosca gesellte sich manchmal dazu, denn inzwischen war sie eng befreundet mit den beiden Jungen. Adrians Opa wusste eine Menge über das Viertel, in dem er seit Jahrzehnten lebte, zu berichten.

„Mir ist aufgefallen, dass es nur hier mehrstöckige Wohnhäuser gibt, warum ist das so?“, erkundigte sich Tosca, als sie heute bei den Großeltern waren.

„In diesem Teil unseres Viertels hat früher die jüdische Bevölkerung gelebt. Als die Häuser erbaut wurden, durften Juden sich nur in diesem Ghetto, so nannte man das Gebiet, aufhalten. Um den Platz möglichst gut auszunutzen, baute man die Häuser höher, als es sonst in Venedig üblich ist. Zum Glück ist diese Zeit vorbei und jeder kann dort leben, wo er möchte, aber die Häuser hat man stehen lassen“, erklärte Adrians Großvater dem Mädchen.

Luca kam, zusammen mit Nonnina, so nannten alle Adrians Oma, aus der Küche. Er ging jedes Mal dorthin und erkundigte sich genau nach den Rezepten.

„Deine Eltern lieben wohl diese Oper?“, fragte Nonnina, als sie am Tisch saßen.

„Ja, in Genua haben sie sich Tosca oft angehört.“

Luca starrte sie so ungläubig an, dass Tosca lachen musste. „Tosca ist eine Oper von Giacomo Puccini. Er war ein berühmter italienischer Komponist.“

„Ach so“, entgegnete Luca, „ich habe mich schon immer gefragt, woher dieser seltsame Name stammt.“

„Die Handlung der Oper ist zwar traurig, aber der Name wirklich sehr schön“, erwiderte Nonnina daraufhin.

„Ja, das finde ich auch. Eigentlich haben meine Eltern versprochen, mit mir zusammen einmal die Oper anzuhören, aber daraus wird wohl nichts, die Karten sind hier viel zu teuer!“, meinte Tosca.

„Das verstehe ich nicht, ich dachte immer, dass deine Eltern ziemlich reich wären, schließlich wohnt ihr doch in einem Palast“, wunderte sich Adrian.

„Nein, da täuschst du dich. Meine Eltern arbeiten zwar am Institut für Meereskunde, aber sie verdienen dort nicht so viel, dass sie sich wirklich die Miete für einen Palast leisten können. Die Eigentümerin, eine ziemlich alte Frau, liebt das Meer und möchte alles tun, damit es geschützt wird. Aus diesem Grund überlässt sie uns, für einen sehr günstigen Preis, ein paar Zimmer. Ihr müsst endlich einmal mit zu mir nach Hause kommen, dann kann ich euch alles zeigen“, versprach sie den beiden Jungen.

Das Spiel mit den Steinen

Inzwischen besuchten Adrian und Luca die letzte Klasse der Grundschule und fuhren nun alleine mit dem Boot nach Venedig. Anfangs hatten sie sich noch mit dem Rudern abgewechselt, aber Adrian konnte es nicht mit ansehen, wie Luca freudlos das lange Ruder durch das Wasser zog. Ihm tat die offensichtliche Qual seines Freundes leid und sie bewegten sich so auch zu langsam von der Stelle. Adrian wusste, dass Luca im Allgemeinen kein Interesse an sportlichen Aktivitäten hatte. Weder das Fußballspielen in den Pausen noch der Sportunterricht, der immerhin von Signor Orlando durchgeführt wurde, machten Luca besonders viel Spaß. Nur beim Laufen konnte ihn keiner aus der Klasse besiegen. Scheinbar mühelos zeigte er hier eine Ausdauer, die alle anderen begeisterte. Allerdings war der Erfolg nicht von Ehrgeiz getrieben. Das Laufen war einfach für seine langen Beine und den Körper, der nicht ein Gramm zu viel an Gewicht trug, wie geschaffen.

Luca jedenfalls saß jeden Morgen im Ruderboot und ließ sich von Adrian, ohne auch nur im Mindesten ein schlechtes Gewissen zu haben, nach Venedig fahren. Er betrachtete es als seine Aufgabe, Adrian mit endlosen Erklärungen über die verschiedenen Fischarten, die Zubereitung seiner Lieblingsgerichte oder der Schwärmerei über ein Mädchen bei Laune zu halten. Adrian entgegnete selten etwas, denn die morgendliche Stunde war nicht die Zeit, in der er gern redete. Er genoss lieber die Stille der Lagune und stellte sich langsam auf die Turbulenzen des Tages ein.

Einmal wunderte sich Luca darüber, dass Adrian nicht so großen Gefallen wie sonst am Rudern zu haben schien. Er befürchtete, dass sein Freund ihn auffordern könnte, die Plätze zu tauschen, und sagte aus diesem Grund zunächst nichts. Luca fragte sich, ob es vielleicht an der lastenden Schwüle, die heute schon am frühen Morgen die unerträgliche Hitze ankündigte, liegen könnte. Dann fiel ihm ein, dass einige Kinder aus ihrer Klasse in den vergangenen Wochen das Bett hatten hüten müssen. Möglicherweise steckte auch seinem Freund die Grippe in den Knochen.

„Fühlst du dich nicht wohl, Adrian? Soll ich vielleicht weiterrudern?“, schlug er nun doch besorgt vor.

„Nein!“, antwortete Adrian einsilbig.

Seine Laune besserte sich auch nicht, nachdem sie das Boot verlassen hatten und durch Venedig zur Schule eilten. Schließlich stellte Luca ihn zur Rede: „Was ist eigentlich los mit dir, so kenne ich dich gar nicht!“

Adrian verschwand, ohne zu antworten im Schulgebäude. Luca war dermaßen erstaunt, dass er sich nicht vom Fleck rührte. Er konnte sich nicht daran erinnern, dass Adrian ihn, seinen besten Freund, jemals zuvor einfach hatte stehen lassen. Da sah er, dass Adrian zu ihm zurückkehrte.

„Es tut mir leid, ich bin wohl heute mit dem falschen Fuß zuerst aufgestanden! Ich wollte dich nicht kränken“, entschuldigte Adrian sich bei Luca und sie liefen gemeinsam die Treppe zu ihrem Raum hinauf.

Alles schien wieder gut zu sein, bis Signor Orlando verkündete, dass sich die Klasse nach der Pause in der Halle versammeln solle, um zum gemeinsamen Schwimmunterricht aufzubrechen. Augenblicklich verfinsterte sich Adrians Miene und weder Tosca noch Luca schafften es, ihn aufzuheitern. Als Signor Orlando die Kinder durchzählte, fiel ihm auf, dass Adrian keine Tasche dabeihatte.

„Lässt du dein Schwimmzeug von Luca tragen?“, erkundigte er sich.

Adrian schüttelte den Kopf.

„Dann hast du es vergessen?“, fragte Orlando Orlando weiter.

„Ja“, murmelte Adrian.

„Das kann beim ersten Mal passieren. Hat irgendjemand zufällig eine zweite Badehose eingesteckt?“, wollte Signor Orlando wissen.

Die übrigen Jungen schüttelten nun ebenfalls die Köpfe.

„Dann wirst du heute wohl zusehen müssen. Pass aber auf, was ich erkläre, und denke in der nächsten Woche an deine Badesachen“, ermahnte Signor Orlando seinen Schüler.

Das kleine Bad befand sich ganz in der Nähe der Schule. Aus diesem Grund warteten die Kinder schon kurze Zeit später in der Schwimmhalle auf Orlando Orlando, der noch mit den beiden jungen Bademeistern, die ihn heute unterstützen würden, in ein Gespräch vertieft war.

„Bevor wir beginnen, teilen wir euch auf“, begann der Lehrer seinen Unterricht. „Diejenigen, die schon schwimmen können, stellen sich bitte dort auf, die anderen bleiben sitzen.“

„Entschuldigung, aber was meinen Sie mit schwimmen können? Über Wasser halten kann ich mich schon, ich würde es allerdings nicht als schwimmen bezeichnen“, gab Luca zu bedenken.

Signor Orlando musste über diese Bemerkung ebenso lachen wie die anderen.

„Eine ehrliche Einschätzung, Luca, und ein guter Hinweis obendrein. Fangen wir also von vorne an. Wer gar nicht fähig ist, zu schwimmen, rührt sich nicht vom Fleck. Wer sich gerade einmal über Wasser halten kann, wartet bitte auf dieser Seite, und alle, die von sich behaupten, dass ihre Schwimmkünste schon ganz beachtlich seien, kommen zu mir“, versuchte es Signor Orlando ein weiteres Mal.

Tosca eilte sofort zu Signor Orlando, worüber sich viele wunderten, denn sie war eigentlich nicht besonders sportlich.

„Dann werden wir uns das jetzt ansehen, ich möchte mich vergewissern, ob die Einteilung so richtig ist“, entschied Orlando Orlando.

Als Erste sollten Luca und seine Mitstreiter eine kurze Strecke schwimmen.

„Ich schließe mich eurem Urteil an, aber immerhin ist es ein Anfang“, scherzte Signor Orlando und half den Kindern aus dem Wasser. „Und nun zu euch, wer möchte beginnen?“

Tosca ließ ihrem Mitschüler den Vortritt. Nachdem Signor Orlando den Jungen ein paar Minuten beobachtet hatte, teilte er ihn lieber Lucas Gruppe zu.

„Tosca, bist du sicher, dass du wirklich sehr gut schwimmst?“, fragte Orlando Orlando vorsichtig nach.

„Ich denke schon“, erwiderte Tosca.

„Dann hast du nun die Gelegenheit, es zu beweisen“, forderte Signor Orlando seine Schülerin auf.

Er stellte sich ganz nah an den Beckenrand, offenbar darauf gefasst, dass er den beiden Bademeistern gleich bei einer Rettungsaktion würde zu Hilfe eilen müssen. Bevor es Signor Orlando verhindern konnte, sprang Tosca mit einem perfekten Kopfsprung in das Wasser. Sie tauchte erst wieder auf, als sie fast das Ende des Beckens erreicht hatte, und vollendete mit ein paar kräftigen Schwimmzügen die Bahn. Tosca war tatsächlich eine hervorragende Schwimmerin und schloss ihre kleine Vorführung mit dem kräfteraubenden Delfinstil ab. Dann wartete sie auf die Beurteilung ihres Lehrers.

„Das war fantastisch!“, lobte Signor Orlando das Mädchen sofort. „Wer hat dir das beigebracht?“

„Wie Sie wissen, erforschen meine Eltern das Meer, also schwimmen sie natürlich sehr gut. Meine Mutter ist sogar einmal italienische Meisterin gewesen. Sie haben mir ganz früh das Schwimmen beigebracht und ich trainierte im selben Verein wie meine Mutter“, erklärte Tosca, erleichtert auch einmal ihr Talent in einer Sportart beweisen zu können.

„Nicht ohne Stolz möchte ich erwähnen, dass ich ebenfalls ein ganz passabler Schwimmer bin. Aber dir kann ich nichts mehr beibringen, deswegen ernenne ich dich hiermit zu meiner Assistentin“, sparte Signor Orlando nicht mit seiner Anerkennung.

Die nächste Stunde teilten sich die beiden Bademeister und Signor Orlando die Gruppen untereinander auf. Tosca betreute, zusammen mit ihrem Lehrer, Lucas Gruppe. Adrian versuchte, alles mitzubekommen, so wie es sein Lehrer von ihm verlangt hatte.

Nach diesem aufregenden Vormittag machte sich die Klasse erschöpft auf den Rückweg zur Schule, froh, dass das Mittagessen dort auf sie wartete. Plötzlich blieb Luca stehen, dann platzte es aus ihm heraus: „Pinguin – das ist der richtige Spitzname für dich, Tosca. Er passt zu dir wie der schwarze Frack zu diesen komischen Tieren."

Während Tosca ihn verständnislos anstarrte, musste Adrian so lachen, dass er sich an dem Wasser verschluckte, das er gerade trank. Er wusste sofort, warum Luca auf diesen Namen gekommen war. Tosca bewegte sich an Land ähnlich unbeholfen wie ihre putzigen Namensgeber, meistens mussten die Jungen viel Geduld aufbringen, wenn Tosca ihnen in ihrem watscheligen Gang langsam folgte. Ihre wahre Bewegungskunst offenbarte sich, wie sie nun mit eigenen Augen gesehen hatten, erst im Wasser. Dort war sie, ebenso wie ein Pinguin, in ihrem Element. Adrians Blick wanderte zu Toscas Kopf, auf dem ausnahmsweise, da sie ihre Haare an der Luft trocknen lassen wollte, einmal keine ihrer zahlreichen und immer sehr eigenwilligen Kopfbedeckungen prangte.

„Jetzt verstehe ich auch, warum du dein Haar kurz trägst. Es trocknet so viel schneller."

„Ja genau, und außerdem finde ich die Vorstellung schrecklich, dass mir die langen Haare beim Schwimmen immer im Gesicht rumhängen, so ist es also viel praktischer!", bestätigte Tosca Adrians Vermutung.

Eine Woche später musste Luca allein nach Venedig fahren, Adrian lag mit so starken Bauchschmerzen im Bett, dass er nicht zur Schule gehen konnte.

Als die Klasse dann das nächste Mal zum Schwimmunterricht aufbrach, vergewisserte sich Signor Orlando, dass der Junge an seine Tasche mit dem Badezeug gedacht hatte. Nachdem alle in den Umkleidekabinen verschwunden waren, bemerkte er allerdings stirnrunzelnd, dass Adrian nach kurzer Zeit, vollständig bekleidet und nur mit Badelatschen versehen, die Schwimmhalle betrat.

„Was soll denn diese Aufmachung?", stellte er Adrian zur Rede.

„Es tut mir wirklich leid, ich bin mir ganz sicher gewesen, dass ich meine Badehose eingepackt habe, aber nun kann ich sie nicht finden", entschuldigte sich Adrian.

Signor Orlando musterte seinen Schüler lange, sodass dieser seinem Blick nicht standhielt. Inzwischen war Tosca dazugekommen, sie wartete mit etwas Abstand, denn sie vermutete, dass es sich wohl um eine ernstere Unterhaltung handelte.

„Dann hast du heute ja außerordentliches Glück, dass ich eine zusätzliche Badehose mitgenommen habe, die dir passen müsste", hörte sie Orlando Orlando durchaus verärgert sagen.

Weder Tosca noch Signor Orlando hatten mit Adrians Reaktion gerechnet. Dem Jungen schossen die

Tränen in die Augen, er wurde ganz weiß im Gesicht und schüttelte nur den Kopf, ohne etwas zu erwidern. Tosca lief zu ihm, nahm seine Hand und spürte, wie sehr er schwitzte.

„Geh mit Tosca hinaus und beruhige dich erst einmal, wir unterhalten uns später darüber“, sagte Signor Orlando, den das Verhalten seines Schülers betroffen machte.

In der nächsten großen Pause rief Signor Orlando Adrian zu sich, die anderen Kinder schickte er auf den Schulhof.

„Warum hast du mir Märchen erzählt? Hättest du nicht mit mir über deine Angst reden können?“

„Ja“, gab Adrian kleinlaut zu, „aber ich befürchtete, dass Sie über den Grund lachen könnten!“

„Wie kommst du darauf? Für viele Ängste, die wir haben, gibt es häufig gar keinen Anlass, den wir nennen können. Was glaubst du, warum ich bisher das Fahrradfahren nicht erlernt habe? Es liegt sicherlich nicht daran, dass ich etwa unsportlich wäre. Ich kann es nicht erklären, aber mir fehlt einfach das Vertrauen, dass man sich auf zwei Rädern fortbewegen kann“, gab Signor Orlando zu.

Adrian musste lächeln und fragte: „Dann verstehen Sie mich?“

„Natürlich tue ich das, aber es wäre mir lieber gewesen, wenn uns die Situation heute früh erspart geblieben wäre und du mir gleich gesagt hättest, dass du Angst vor dem Schwimmen hast“, erwiderte Orlando Orlando.

„Es ist nicht so einfach zu beschreiben. Kennen Sie das Spiel mit den Steinen? Papa und ich haben es schon häufig gespielt. Wir stehen stundenlang am Ufer und werfen Steine möglichst flach über das Wasser. Dabei versuchen wir, dass sie zwar häufig aufkommen, aber weit über die Oberfläche springen. Manchmal klappt es überhaupt nicht, dann fallen die Steine sofort in die Lagune und versinken darin. Es geht so schnell, Sie haben das sicher schon einmal gesehen. Ohne dass irgendetwas sie aufhalten kann, verschwinden die Steine in der Tiefe. Es dauert nur Sekunden, aber jedes Mal spüre ich eine Art Stich in meinem Körper, ich fürchte mich so sehr, es ist mir, als wäre ich selbst der Stein. Ich liebe die Lagune und ich bin gerne am oder auf dem Wasser, aber ich werde nie darin schwimmen, da bin ich mir sicher“, sprudelte es nun aus Adrian heraus.

Orlando Orlando, der sich das Ganze vor Augen führte, sagte eine Weile nichts. Dann nickte er verständnisvoll.

„Da kann man wohl vorerst nichts machen“, beendete Signor Orlando schließlich das Gespräch.

Ein Abschied

An ihrem letzten Schultag in der Grundschule ruderten Luca und Adrian früher als gewöhnlich nach Venedig. Sie trafen sich vor dem Unterricht mit den anderen Kindern, um alles für eine kleine Abschiedsfeier vorzubereiten. Einerseits freuten sich die beiden Jungen natürlich auf die langen Sommerferien, und doch waren sie etwas traurig, schließlich hatten sie die Schule, die sie nun verlassen würden, einige Jahre besucht. Selbst Luca betrachtete schweigend das Wasser, auf dem die Sonnenstrahlen ihre unterschiedlichen Bilder zeichneten.

„Immerhin ist die neue Schule ganz in der Nähe. Stell dir vor, wir müssten in einem anderen Viertel oder sogar außerhalb Venedigs zur Schule gehen", fing Luca nun doch zu sprechen an.

Adrian nickte, es stimmte, was Luca sagte. Und als ein noch größeres Glück erschien es ihm, dass er weiter mit Tosca und Luca in einer Klasse sein würde und ihr jetziger Lehrer auch an der neuen Schule unterrichtete.

Als sie endlich angekommen waren, erwartete die Jungen bereits ein reges Treiben. Tische wurden an die Seite geschoben, Girlanden aufgehängt und ein paar Mädchen liefen zur Mensa, um Geschirr und Besteck auszuleihen. Kurz bevor die Klingel den Unterrichtsbeginn einläutete, hatten sie alles geschafft, und Signor Orlando, der pünktlich im Türrahmen erschien, blieb staunend stehen.

„Gibt es heute etwas zu feiern?“, fragte er, darum bemüht, möglichst gelassen zu klingen.

Doch fiel den Kindern sofort auf, dass ihr Lehrer nicht so fröhlich wie sonst war und es ihm offenbar ebenso schwerfiel, sich von seiner Klasse verabschieden zu müssen.

„Es sieht so aus, als würdet ihr es heute vorziehen, keine Schulbücher mehr aufzuschlagen“, scherzte Orlando Orlando und setzte sich auf seinen Stuhl.

Normalerweise war es für alle das Zeichen, an ihre Plätze zu gehen, da die Stühle gestapelt in einer Ecke standen, setzten sie sich auf den Boden. Die Kinder warteten darauf, dass Orlando Orlando etwas sagen würde, doch der blickte still in die Runde. Tosca hielt es schließlich nicht mehr aus.

„Wir möchten Ihnen gleich etwas vorführen und zu essen und zu trinken gibt es auch. Aber wir sollten noch auf Signora de Rosa warten, sie müsste eigentlich längst hier sein!“

In diesem Moment trat die alte Dame ein und begrüßte zuerst ihren Kollegen und anschließend die Schulklasse. Nachdem zwei Stühle mit Blick auf die Bühne ausgerichtet waren, begann das Schauspiel. In kurzen Auftritten spielten die Mädchen und Jungen Ereignisse aus dem Unterricht der vergangenen Jahre vor. In der letzten Szene saß Adrian, als Signor Orlando verkleidet, am Pult und las in einem Buch. Ein Kichern ging durch die Publikumsreihen, alle erinnerten sich daran, welchen Streich sie ihrem Lehrer einmal gespielt hatten. Immer wieder versuchte

Adrian vergeblich, den Stuhl nach hinten zu kippen, um sich genüsslich an die Wand zu lehnen. Signor Orlando hatte das Kippeln streng untersagt. Ihn selbst hielt das allerdings nicht davon ab, mit seinem eigenen Stuhl regelmäßig zu schaukeln. Bis zu dem Tag, an dem zwei Kinder eben jenen Stuhl am Boden festklebten. Diese Situation spielte Adrian gerade vor. Er ahmte den erstaunten Gesichtsausdruck seines Lehrers so täuschend echt nach, dass das Stück in einem schallenden Gelächter endete.

„Ich bin wirklich überwältigt, auch von den Talenten, die ich heute erahnen konnte. Ich würde gern einige von euch in meiner Theater-AG spielen sehen, aber leider werden nur wenige die Schule besuchen, an der ich unterrichte. Adrian, dich schreibe ich noch heute auf die Liste, ich hoffe, dass du mir die Ehre erweisen wirst."

Als Luca sah, dass Signor Orlando erneut zu dem Taschentuch griff, das ihm Signora de Rosa vorsichtshalber gereicht hatte, sprang er auf.

„Ich bin dafür, dass wir uns jetzt erst einmal etwas stärken, ich möchte nicht umsonst das Wochenende in der Küche verbracht haben, und außerdem knurrt mein Magen schon seit heute Morgen!"

Diesen Vorschlag nahmen alle gerne an, und in den nächsten Stunden wurde gegessen, getrunken und viel gelacht. Als der Zeiger der Uhr anmahnte, dass es nun bald Zeit wäre, tatsächlich Abschied zu nehmen, wurde es merklich ruhiger im Klassenraum.

„Nun gut, dann lasst uns noch einmal zusammenkommen. Es sind schöne Jahre mit euch gewesen und wir werden uns sicherlich nicht aus den Augen verlieren, denn Venedig ist eine Stadt, in der man sich hin und wieder über den Weg läuft. Ich habe für euch kleine Fotoalben mitgebracht, in denen unsere gemeinsamen Erlebnisse festgehalten sind. Außerdem werde ich euch bald zu einem Fest einladen, dann können wir uns erzählen, was wir in der Zwischenzeit erlebt haben."

Nachdem Signor Orlando die Alben verteilt hatte, räusperte er sich auffällig lange. Den Kindern entging es nicht, dass seine Augen verdächtig glänzten.

„Also raus mit euch, ihr seid nun keine Grundschulkinder mehr. Ich wünsche euch viel Glück und Freude an eurer neuen Schule und freue mich auf ein Wiedersehen!", entließ Orlando Orlando die Klasse und konnte nicht umhin, das teure, mit zarten Mustern verzierte Taschentuch ausgiebig zu benutzen.

Ein ganz besonderer Küchenboden

Am nächsten Tag schlief Adrian lange. Als seine Mutter nach ihm sah, schien die Sonne schon hell in das Zimmer und die Hitze machte auch vor den kleinen Räumen des Hauses nicht halt. Fiora wusste, dass Adrian dieses Ausschlafen am ersten Ferientag über alles liebte, deswegen weckte sie ihn nie vor der Mittagszeit. Dann brachte sie ihrem Sohn das Frühstück, das aus einer warmen Tasse Schokolade und einem süßen Hörnchen bestand. Fiora setzte sich zu Adrian auf die Bettkante und sah belustigt dabei zu, wie er das Hörnchen in die Schokolade tunkte und genüsslich davon abbiss.

„Ich werde jetzt gleich losfahren und die Arbeit an einem Mosaik beenden, ab übermorgen habe ich eine Woche Urlaub. Ich dachte, dass wir zusammen den Boden in der Küche erneuern könnten, was hältst du davon?“, fragte sie.

Adrian sah seine Mutter erstaunt an:

„Ist er denn kaputt? Ich finde, dass er noch ganz gut aussieht.“

„Ja, das stimmt. Aber mir gefällt das eintönige Grau nicht und ich habe mir etwas Besonderes für den Boden überlegt“, erwiderte Fiora.

Adrian wusste, dass seine Mutter ihm keine genaueren Erklärungen geben würde, er kannte diesen Blick, der bedeutete: Frag ruhig, aber ich werde dir noch nichts verraten.

„Was hast du heute vor?“, erkundigte sie sich, ohne ein weiteres Wort über den geheimnisvollen Küchenboden zu verlieren.

„Ich bin am Nachmittag mit Luca verabredet“, antwortete Adrian.

„Wird Tosca auch kommen?“, forschte Fiora weiter nach.

„Nein, sie ist heute früh mit ihren Eltern nach Genua gereist, aber nur für zwei Wochen“, berichtete Adrian seiner Mutter.

„Gut, ich muss mich beeilen. Bitte gib Papa Bescheid, bevor du aufbrichst. Wir sehen uns dann heute Abend, du kannst gerne Luca mitbringen, wenn du möchtest“, verabschiedete sich Fiora.

Sie umarmte ihren Sohn und eilte zu dem kleinen Boot, mit dem sie nach Venedig fahren würde.

Adrian blieb noch im gemütlichen Bett liegen. Er blätterte ein Heft durch, das Tosca ihm vor ihrer Abreise gegeben hatte, und sah sich die Sehenswürdigkeiten von Genua an.

„Damit du weißt, wo ich mich aufhalte!“, hatte sie gesagt und ihm in einem unbeobachteten Augenblick einen Kuss auf die Wange gegeben.

Im nächsten Moment war sie auf und davon. Bei dem Gedanken an diesen Abschied musste der Junge lächeln, und er merkte, dass Tosca ihm schon jetzt fehlte.

Adrian befreite sich seufzend von der Decke, die sich um seine Füße gewickelt hatte. Dann ging er in die Küche, um für seinen Vater und sich einen kleinen Mittagsimbiss zu bereiten. Giulio freute sich über das unerwartete Mahl und den frischen Kaffee. Während des Essens unterhielten sich Adrian und sein Vater über die lange Zeit ohne Schule, die nun vor ihnen lag.

„Ich würde mich freuen, wenn du mir wieder einmal beim Fischen Gesellschaft leistest“, meinte Giulio. „Sobald du mit Fiora den Boden bearbeitet hast“, fügte er schnell hinzu.

Adrian begleitete seinen Vater zum Boot, denn Giulio musste einige Netze ausbessern.

„Sehen wir uns noch, bevor ich heute hinausfahre?“, erkundigte sich Giulio.

„Ja, ich komme mit Luca vorbei, wir wollen das Boot nehmen“, antwortete Adrian.

„Ihr rudert nicht zu weit hinaus! Den Weg nach Venedig fahrt ihr regelmäßig, das ist etwas anderes. Aber hier in der Lagune muss man sich gut auskennen, ich sollte dich jetzt allmählich damit vertraut machen!“

„Keine Sorge, Papa. Lucas Eltern haben ihm genau das Gleiche gesagt. Wir werden nur eine gute Stelle suchen, damit Luca vom Boot aus schwimmen kann und um einen Fisch für heute Abend zu angeln. Wir können in Sichtweite bleiben, wenn es dich beruhigt.“

Giulio nickte und Adrian lief zur Trattoria.

Rosanna, die gerade damit beschäftigt war, Gäste mit Kaffee und Eis zu versorgen, rief ihm zu: „Adrian, wie schön, dass du vorbeischaust, Luca ist im Garten.“

„Da hat man endlich Ferien und muss gleich am ersten Tag in dieser Hitze Unkraut jäten. Ich sollte ja, als jemand, der gerne kocht, eigentlich interessiert daran sein, dieses Grünzeug anzubauen, aber ehrlich gesagt verarbeite ich es lieber im Kochtopf“, schimpfte Luca und setzte sich zu Adrian. „Später heirate ich einmal eine Gärtnerin, dann sind die Aufgaben klar verteilt“, scherzte er, nun schon etwas besser gelaunt, da er sich über Adrians Gesellschaft freute und außerdem hoffte, dass sein Freund ihm gleich helfen würde.

Sie arbeiteten eine gute Stunde, dann sammelte Luca die Geräte ein.

„Genug, ich kann nicht mehr. Lass uns noch einen Blick auf die Ziegen werfen und danach haben wir uns eine Stärkung verdient!"

Die kleine Herde bestand aus sechs Tieren. Aus ihrer Milch stellte Rosanna Käse her, den man in dem Laden, der an die Trattoria anschloss, kaufen konnte, und natürlich stand er auch auf der Speisekarte. Außerdem gehörten noch zwei Esel mit zur Familie, die dabei halfen, die Ware zu transportieren. Ein paar Hühner sorgten jeden Tag für frische Eier. Adrian ging gern zu den Tieren, die ihn offensichtlich mochten. Luca wunderte sich, wie ruhig sie waren, sobald Adrian sie streichelte und mit ihnen sprach. In ihn war nur ein kleiner Ziegenbock vernarrt, jedes Mal begrüßte er den Jungen stürmisch, fing an zu meckern und lief auf Luca zu. So auch heute. Da Luca sich gerade Adrian zugewandt hatte, wurde er von dem Stoß des Bocks überrascht, kam ins Straucheln und landete im Wasserbecken. Adrian musste lachen, doch Luca, der seinen langen Körper umständlich aus dem Trog herausbewegte und pitschnass war, stellte seelenruhig fest: „Wasser haben sie jedenfalls noch genug und ich wollte mich sowieso etwas erfrischen."

Nun rieb der Ziegenbock, als wollte er sich entschuldigen, seinen Kopf an Lucas Hose, erreichte aber nur, dass sich das Horn darin verfing und der Stoff zerriss. Jetzt suchte das verängstigte Tier lieber das Weite.

„Das scheint heute nicht gerade dein Glückstag zu sein“, bedauerte Adrian seinen Freund.

Luca zuckte mit den Schultern. „Ich werde mich schnell umziehen, vielleicht kannst du etwas in der Küche für uns ergattern, dann wird es mir bestimmt sofort besser gehen.“

Adrian machte sich gleich auf den Weg. Sergio hatte alle Hände voll zu tun, denn in den Sommerferien kamen viele Gäste nach Hadria und genossen die Ruhe und den schönen Platz, an dem die Trattoria lag.

„Ciao, Adrian. Ihr habt sicherlich Hunger, nimm dir, was du möchtest“, begrüßte er den Jungen.

Also bediente sich Adrian großzügig. Luca, der dazukam, warf einen Blick auf den Proviant, runzelte die Stirn und füllte den Korb, bis er randvoll war.

„Vielleicht solltet ihr einen Esel für den Transport mitnehmen!“, riet Sergio seinem Sohn lachend.

Gemeinsam schafften Luca und Adrian es, den schweren Korb bis zum Steg, an dem das Ruderboot lag, zu tragen. Dort breiteten sie alles auf einem Handtuch aus. Luca rieb sich die Hände.

„Nun beginnen für mich die Ferien!“

Wieder einmal staunte Adrian über den Appetit seines Freundes, der mit geschlossenen Augen die Speisen genoss. Nach dem Picknick legten sich die Jungen auf den Steg und ruhten sich aus. Luca, der sofort eingeschlafen war, wurde nach einer Weile von Adrian geweckt.

„Komm, du Schlafmütze, wir sollten jetzt wirklich hinausrudern, wir müssen auch noch für das Abendessen sorgen."

Das Wort Abendessen führte dazu, dass Luca sofort aufsprang, und kurze Zeit später banden sie das Boot los. Sie ruderten, bis sie eine geeignete Stelle in der Lagune erreicht hatten, da bemerkte Adrian seinen Vater, der am Ufer stand und ihnen zuwinkte. Er erwiderte den Gruß, woraufhin Giulio, zufrieden mit der Entfernung des Bootes, zurück zu seinen Fischernetzen ging. Luca zog sich aus und sprang ins Wasser.

„Es ist herrlich", freute er sich und schwamm davon.

Während Luca sich im Wasser tummelte, bereitete Adrian die beiden Angelruten vor. Als sein Freund schließlich neben ihm im Boot saß, tropfte aus seinen langen Korkenzieherlocken das Wasser.

„Praktisch, deine Haarpracht, so bekomme ich auch eine erfrischende Dusche!", meinte Adrian.

Sie saßen eine Weile schweigend da, blickten gespannt auf das Wasser und hofften, dass ein Fisch anbeißen würde.

„Vermisst du sie?", fragte Luca auf einmal.

Adrian spürte, wie ihm die Hitze ins Gesicht stieg, und er befürchtete, dass es dieselbe Farbe angenommen hatte wie die Tomaten, die sie heute geerntet hatten.

„Ich mag Tosca auch sehr", redete Luca weiter, ohne eine Antwort abzuwarten, „aber sie ist eher wie eine Schwester für mich. Allerdings kann sie ganz schön anstrengend sein, ich habe immer das Gefühl, auf sie aufpassen zu müssen."

„Bist du schon erfolgreich bei deinem Mädchen gewesen?", erkundigte sich nun Adrian.

„Nein, bisher würdigt sie mich keines Blickes. Sie wird mit uns zusammen auf die neue Schule gehen, ich gebe also noch nicht auf", erwiderte Luca.

In diesem Moment biss ein Fisch an, und beide Jungen waren damit beschäftigt, ihn an Deck zu ziehen. Als Adrian das Boot schließlich zurückruderte, veränderte sich das Licht bereits und ein wunderschöner Abendhimmel begleitete die Freunde auf ihrem Weg.

Am nächsten Tag traf Fiora ihren Sohn und Luca am Anleger, denn sie hatte die Jungen gebeten, dort auf sie zu warten. In dem kleinen Boot stand eine große Kiste, die sie nun zum Haus schleppten.

„Hast du einen Schatz gefunden?", neckte Luca Adrians Mutter.

„Das kann man so sagen!", antwortete diese geheimnisvoll.

„Breite eine Decke hier neben der Kiste aus", forderte sie Adrian auf, während sie sich ihre Arbeitshandschuhe überstreifte.

„Gut, dann wollen wir den Schatz einmal bergen", sagte Fiora.

„Das sind ja alles Mosaiksteinchen", rief Adrian begeistert aus, nachdem Fiora den Deckel angehoben hatte. „Wir legen in der Küche ein Mosaik, stimmt das, Mama?"

„Ja, die Fläche ist nicht groß, aber um einiges größer als die kleinen Mosaike, die wir bisher bearbeitet haben. Ich dachte mir, dass es eine schöne Aufgabe für uns ist und wir dann einen ganz besonderen Küchenboden haben werden“, erklärte Fiora stolz.

„Das ist eine fantastische Idee, aber ist das nicht viel zu teuer für uns?“, sorgte sich Adrian.

„Dieses Mosaik hat kleine Fehler, die wahrscheinlich nur ich erkenne, aus diesem Grund habe ich alles für einen sehr guten Preis erhalten. Mach dir darüber also keine Gedanken“, beruhigte Fiora ihn.

Luca betrachtete, fast etwas scheu, die dennoch wertvollen Mosaiksteinchen, die in allen Farben leuchteten.

„Ich glaube, dass ich mich in Zukunft nicht mehr trauen werde, bei euch zu kochen.“

„Das wäre allerdings sehr schade, Luca. Dann sollten wir uns das Ganze noch einmal überlegen“, meinte Fiora schmunzelnd.

Sie griff mit beiden Händen in die Kiste und ließ vorsichtig eine kleine Menge der Steinchen auf die Decke fallen.

„Ab morgen gibt es viel zu tun für uns. Luca, ich hoffe, dass du Adrian so lange entbehren kannst.“

„Das ist kein Problem, ich muss tagsüber sowieso in der Trattoria helfen, es passt also sehr gut. Und abends können wir uns sicherlich treffen“, antwortete der Junge.

„Natürlich, wir werden nur bei ausreichendem Tageslicht arbeiten, unsere Küche wird dann allerdings nicht zu gebrauchen sein", befürchtete Fiora.

„Ihr verhungert schon nicht, dafür kann ich schließlich sorgen", sagte Luca sofort.

„Das ist sehr nett von dir. Aber morgen laden wir dich noch einmal ein, denn das wird für einige Tage die letzte Möglichkeit sein, dich bei uns zu bewirten", schlug Fiora vor.

Luca verabschiedete sich und lief nach Hause.

„Und wir gehen jetzt auch schlafen, denn morgen wecke ich dich früher, vielleicht fällt dir beim Träumen ein Motiv für das Mosaik ein", entschied Fiora.

„Darüber muss ich nicht nachdenken, ich sehe es schon vor mir", erwiderte Adrian.

„Da bin ich aber wirklich gespannt, dann wünsche ich dir eine gute Nacht", sagte seine Mutter.

Nach dem Frühstück setzte sich Adrian an den Küchentisch und fertigte eine Skizze an. Fiora begann mit dem Sortieren der Steinchen. Sie wusste, dass Adrian sehr gut zeichnen konnte, und wollte ihn ganz allein das Mosaik entwerfen lassen. So wurde es ein ruhiger Vormittag, nur die gleichmäßigen Atemzüge Giulios, der im Nachbarzimmer schlief, unterbrachen die Stille. Erst am späten Mittag schaute Adrian von seiner Arbeit auf, streckte sich und lief ein paar Runden um den Tisch, da seine Beine vom langen Sitzen ganz steif geworden waren.

„Das ist wirklich sehr schön, Adrian. Es wird ein außergewöhnliches Mosaik werden“, lobte Fiora ihren Sohn.

Allerdings war sie auch etwas erstaunt über das Motiv, das ausgerechnet Adrian gewählt hatte, das behielt sie aber für sich.

Die übrige Zeit sortierten Fiora und Adrian die restlichen Mosaiksteine. Giulio gesellte sich am frühen Nachmittag zu ihnen, sie lehnten seine angebotene Hilfe jedoch ab.

„Kümmere du dich lieber um ein anständiges Abendessen, Luca wird auch hier sein“, forderte Fiora ihren Mann auf.

Am Abend erfreute sich Giulio wieder bester Laune. Auch Luca verrieten Adrian und Fiora nicht, wie das Mosaik aussehen würde, das hatte Giulio überzeugt, dass es eine Überraschung sein sollte.

In der Mitte der Woche fingen Fiora und Adrian an, das Mosaik zu legen. Natürlich konnte Adrian seiner Mutter nur zur Hand gehen, aber der Junge liebte diese gemeinsamen Stunden und jedes Mal lernte er etwas Neues. Manchmal, wenn die Arbeitsschritte zu schwierig waren, beobachtete Adrian seine Mutter, die ihr Haar wieder unter ein Tuch gebunden hatte und die Augen hinter einer großen Brille schützte. Jedes Mal erkannte er seine Mutter fast nicht wieder. Fiora war ein fröhlicher Mensch, sie lachte oft und war eigentlich immer in Bewegung. Ganz anders verhielt es sich, wenn sie sich mit einem Mosaik beschäftigte.

Dann redete sie kaum und konzentrierte sich vollkommen auf die Arbeit. Giulio meinte immer, dass Venedig währenddessen untergehen könnte und Fiora es wahrscheinlich erst mitbekommen würde, wenn ihr die Luft zum Atmen fehlte.

Endlich war so weit, Fiora und Adrian verkündeten feierlich, dass der neue Boden nun fertiggestellt wäre. Luca und Giulio, die vor Neugierde platzten, wollten das Werk sofort betrachten.

„Oh nein, wir werden es euch erst zeigen, wenn wir vollständig sind", sagte Fiora.

Adrian sah sie erstaunt an, denn sie hatte ihn nicht in ihren Plan eingeweiht. Am frühen Nachmittag verabschiedete sich Fiora mit den Worten: „Bereitet in der Zwischenzeit ein Festessen vor, ich werde pünktlich zurück sein!"

Da der Küchenboden immer noch nicht betreten werden durfte, liefen Luca und Adrian zur Trattoria und besorgten frisches Brot und Ziegenkäse. Giulio kümmerte sich um das Feuer, über dem er ein Prachtexemplar eines Fisches grillen wollte. Als sie sich gerade hingesetzt hatten, um etwas zu trinken, traf Fiora ein. Schon von Weitem erkannten die Jungen an Toscas unverwechselbarem Gang, dass sie Fiora begleitete.

„Ich dachte, dass Tosca erst morgen nach Hadria kommen würde", freute sich Adrian und auch Luca lief dem Mädchen entgegen.

„Und – ist die Überraschung gelungen?", fragte Fiora, als sie die fröhlichen Gesichter erblickte.

„Ich habe gehört, dass hier während meiner Abwesenheit richtig gearbeitet wurde, jetzt bin ich wirklich gespannt“, begrüßte Tosca ihre Freunde.

„Nicht nur du kannst es kaum erwarten, also sollten wir das Geheimnis nun lüften!“, verkündete Fiora.

Adrian zog, gemeinsam mit seiner Mutter, vorsichtig die Decke von dem kleinen Kunstwerk. Alle sahen sich das Mosaik lange an und waren augenscheinlich ausgesprochen beeindruckt von dem Bild, das sich ihnen bot. Tosca konnte sich gar nicht sattsehen und wusste nicht, ob sie den dicken Hummer, die Fischschwärme oder die bunten Korallen am liebsten mochte. Luca erging es nicht anders, besonders der Krake mit seinen langen Fangarmen hatte es ihm angetan. Während Fiora erst ihren Sohn und dann Tosca beobachtete, verstand sie, warum Adrian dieses Motiv gezeichnet hatte.

„Ich habe noch nie ein Mosaik gesehen, das so wunderschön ist. Ich muss es unbedingt auch meinen Eltern zeigen, es wird ihnen gut gefallen“, freute sich Tosca und schloss alle nacheinander in die Arme.

Nachdem sie fast eine halbe Stunde die Unterwasserwelt, die sich vor ihnen auftat, betrachtet hatten, meldete Luca sich zu Wort: „Es ist wirklich überwältigend, was ihr da geschaffen habt, aber auch ich habe eine Leidenschaft, und deswegen bitte ich euch darum, dass wir nun endlich mit dem Essen beginnen können!“

Heute gingen alle erst sehr spät zu Bett. Tosca blieb auf Hadria und übernachtete in einem Gästezimmer der Trattoria. Adrian träumte, dass er mit Tosca in der Lagune tauchte und sie die Fischschwärme verfolgten, die sich einen Weg durch die Korallen und felsigen Landschaften bahnten. Tosca und er kehrten erst wieder an die Oberfläche zurück, als das fehlende Sonnenlicht die Bilder verschwinden ließ.

Venedig

Tosca überredete Adrian und Luca, mit nach Venedig zu kommen. Nachdem sie angelegt hatten, lief Tosca zum Palast. Die Jungen besuchten Adrians Großeltern, bei denen sie auch übernachten würden. Am frühen Nachmittag holten sie ihre Freundin von zu Hause ab, denn Tosca liebte es, durch die Gassen der Stadt zu schlendern. Das Mädchen genoss es, dass hier, ganz im Gegensatz zu Genua, keine Autos fuhren.

„Man muss nur aufpassen, nicht ins Wasser zu fallen und von einer Gondel überfahren zu werden“, stellte Tosca fest.

Sie sahen dabei zu, wie eine Touristin, die einen großen Hut und sehr hohe Schuhe trug, in einer Gondel Platz nehmen wollte. Ein winziger Sonnenschirm, den sie trotz des Hutes schützend über ihren Kopf hielt, sorgte ganz und gar nicht dafür, dass sie die Balance halten konnte. Unbeholfen versuchte sie, mit einem Fuß einen sicheren Stand auf dem schwankenden Boot zu finden, während sie mit dem anderen Bein noch am Ufer verharrte. Als die Gondel etwas vom Steg abtrieb, führte die hilflose Dame einen ungewollten Spagat aus und saß nun zwischen der Gondel und dem sperrigen Holzsteg fest. Zur Belustigung aller zerrten an ihrem einen Arm der Bootsführer und an dem anderen Arm der Ehemann. Begleitet von einem Fluch des Gondolieres, den zum Glück nur die Einheimischen verstanden, befreite er mit einem kräftigen Ruck die Frau aus der Umklammerung ihres Mannes, woraufhin diese etwas unsanft im Boot landete. Nachdem ihr ein mitfühlender Herr den Sonnenschirm gereicht hatte, der bei der unfreiwilligen Zirkusvorstellung in den Kanal gefallen war, konnte das erschöpfte Ehepaar nun endlich die Schönheiten Venedigs vom Wasser aus genießen.

„Zum Glück hat sie es geschafft“, sagte Luca grinsend, „sonst hätte sie vielleicht auf diese Weise den Kanal befahren müssen.“

Tosca konnte sich ein Lächeln nicht verkneifen, denn sie sah die Gondel, in deren Mitte ein Sarg, der von einem Berg Blumen erdrückt wurde, thronte.

„Kommt, bevor wir so enden, sollten wir unbedingt an die schönen Dinge des Lebens denken“, rief Luca und bahnte sich einen Weg durch die Menge.

Als seine Lieblingspasticceria in Blickweite war, lief er voran und verschwand im Inneren der Konditorei. Ein paar Minuten später trat Luca, offensichtlich bestens gelaunt und mit einer großen Papiertüte in der Hand, aus der Ladentür.

„In diesem Gewimmel vergeht allerdings selbst mir der Appetit, lasst uns ein ruhigeres Plätzchen suchen“, forderte er Tosca und Adrian auf.

Wer Venedig gut kannte, wusste, dass man nicht weit gehen musste, um den Menschenmassen zu entkommen, und schon nach ein paar Abzweigungen durch die kleinen Gassen fand man Orte, die still und verlassen ihre einfache Schönheit präsentierten. Die Höfe waren eingerahmt von den kleinen Wohnhäusern der Ansässigen. Genau in der Mitte der Plätze befanden sich meistens Brunnen, deren Mauerwerk entweder schlicht oder mit steinernen Blättergirlanden, Figuren und anderen Verzierungen dekoriert waren. Die Brunnen dienten nicht mehr zur Trinkwasserversorgung, deswegen verschlossen schwere Metalldeckel ihre Öffnungen. Die einzigen Geräusche drangen durch die geschlossenen Fensterläden der umliegenden Häuser, es sei denn, Kinder nutzten den Platz zum Spielen. Die drei machten es sich im Schatten einer Markise gemütlich und Luca verteilte das Gebäck.

„Wie heißen die Dinger noch?", fragte Tosca und biss in das süße Blätterteigröllchen.

„Cannoli", erklärte Luca, während er Tosca kopfschüttelnd beobachtete. „Du musst dir den Namen auch nicht merken, aber vielleicht übst du einmal, sie zu essen, ohne dass die Hälfte der Vanillecreme auf dem Boden landet", neckte Luca das Mädchen.

Adrian wischte schnell die süße Creme von seiner Hose, froh, dass Luca es nicht mitbekommen hatte.

„Habt ihr Lust, in den San Marco Dom zu gehen? Ich bin noch nie dort gewesen", fragte Tosca plötzlich.

„Wenn ihr noch etwas wartet, müsst ihr vielleicht nicht Stunden in der Schlange stehen, gegen Abend wird es deutlich leerer vor dem Dom“, beantwortete Luca die Frage.

„Du kommst also nicht mit?“, hakte Tosca sofort nach.

„Nein, ich bin kein großer Kunstliebhaber. Außerdem habe ich Nonnina versprochen, ihr beim Kochen zu helfen. Wir sehen uns dann morgen früh, Tosca“, verabschiedete er sich und eilte davon.

„Wenigstens wird es ein leckeres Abendessen geben“, meinte Adrian und nahm Tosca, die doch etwas enttäuscht war, in den Arm.

„Er denkt wirklich nur ans Essen“, stellte sie beleidigt fest.

„Wir können noch etwas durch Venedig laufen und die Brücken zählen, über die wir gehen“, schlug Adrian vor, um seine Freundin aufzumuntern.

Nachdem sie fast zwei Stunden später die fünfundachtzigste Brücke überquert hatten und an jedem Tor, hinter dem sie einen Garten vermuteten, stehengeblieben waren, um die Blumendüfte einzuatmen, hatte sich die Schlange der Wartenden vor dem San Marco Dom tatsächlich aufgelöst. Sie kauften zwei Eintrittskarten, mit denen sie noch eine halbe Stunde die Kunstschätze betrachten konnten, bevor der Dom für die Besucher geschlossen würde. Tosca blieb wie angewurzelt unter einer der fünf riesigen Kuppeln stehen, sie konnte sich nicht sattsehen an dem Anblick, der sich ihr bot.

„Das ist unglaublich schön, sieh nur, wie das ganze Gold funkelt.“

„Ja, Tosca, es ist wirklich fantastisch. Mama kennt übrigens den Mosaizisten, der für die Mosaike zuständig ist. Er hat sein Arbeitszimmer hier im Dom und selbst dort gibt es Mosaike“, erklärte Adrian.

„Der Boden sieht ein bisschen wie in der Kapelle auf Hadria aus, mir gefällt dieses Muster“, schwärmte Tosca.

Adrian musste lächeln, natürlich mochte Tosca den Boden, der mit seinen eleganten Bögen an Wellen erinnerte. Die beiden merkten gar nicht, wie die Zeit verging, bis sie von dem Mann, der ihnen vorhin die Karten verkauft hatte, höflich aufgefordert wurden, die Kirche nun zu verlassen. Adrian begleitete Tosca noch bis nach Hause, bevor er zu seinen Großeltern lief, die sicherlich schon mit dem Essen auf ihn warteten.

Adrians Großvater Pietro weckte die Jungen in aller Frühe.

„Wolltet ihr nicht Giulio beim Ausladen helfen und ihn zum Markt begleiten?“, vergewisserte er sich, als Luca unverständliche Worte murmelte und weiterschlief.

Adrian, der hellwach war, ließ ihn noch etwas liegen, bevor er seinen Freund mit Wasser bespritzte.

„Was tust du da?“, ereiferte sich Luca, stand aber schließlich auf.

Giulio erwartete sie am Boot und freute sich, seinen Sohn und Luca zu sehen. Er stapelte jeweils zwei Fischkisten übereinander und überreichte sie den kräftigen Helfern. Nachdem sie dreimal den Weg vom Boot zum Markt gelaufen waren, hatten die Jungen es geschafft und wurden von Giulio zu einem Frühstück eingeladen.

„Ich muss weiterfahren und noch den restlichen Fisch ausliefern. Wir sehen uns dann übermorgen auf Hadria, melde dich einmal bei deiner Mutter“, riet Giulio seinem Sohn augenzwinkernd.

Luca und Adrian schlenderten zusammen über den Markt. Adrian hatte das Gefühl, dass sein Freund an allen Ständen Halt machte. Mal unterhielt er sich mit einer Gemüsehändlerin über die Qualität der Artischocken oder er prüfte durch sanften Druck den Reifegrad einer Melone. Mit dem Fischverkäufer diskutierte Luca über die bevorzugte Konsistenz des Fleisches einer beachtlichen Dorade und er schnupperte an nahezu jedem der Gewürze, die farbenfroh angeordnet an einigen Ständen angeboten wurden.

Endlich tauchte Tosca unter den Torbögen des Marktes auf, um die Jungen für einen Besuch im Meeresinstitut, an dem ihre Eltern arbeiteten, abzuholen. Schließlich erreichten sie das Werftgelände, in dem sich das Institut über mehrere Hallen erstreckte. Der moderne Bau war gekonnt in das historische Gebäude eingefügt. Aus Aluminium gefertigt, erinnerte die Architektur an den umgedrehten Rumpf eines Schiffes und in den Fenstern spiegelten sich die gemauerten Rundbögen der Hallen.

„Das könnte für jedes Weltraumabenteuer als Kulisse dienen“, rief Luca überrascht aus.

Im Inneren des metallenen Schiffes war es nicht weniger interessant. Toscas Eltern mussten selbst nicht viel erklären, da ihre Tochter sofort damit begann, ihre Freunde herumzuführen. Adrian und Luca begriffen einmal mehr, dass nicht nur das Schwimmen Toscas Leidenschaft war, sondern dass sie, ebenso wie ihre Eltern, das Meer über alles liebte.

Zwei Stunden später saßen die drei auf einer Brücke und genossen den Blick auf den friedlich wirkenden Kanal. Tosca freute sich über die Wäscheleinen, die quer über die Kanäle gespannt waren. Heute hatte sie Glück, denn ein junger Venezianer begann damit, seine Hemden, Socken und Unterhosen aufzuhängen. Immer wieder musste er die Leine bewegen, damit er neue Wäschestücke befestigen konnte. Die letzte Unterhose löste sich von der Klammer und segelte in Richtung Wasser herab. Genau in diesem Moment fuhr eine Gondel unter der Leine hindurch und die Unterhose landete auf dem sonnenbebrillten Gesicht eines Mannes, der ebenso aufmerksam die besondere Technik des Wäschetrocknens bestaunte. Tosca bekam einen solchen Lachanfall, dass sie sich an ihrem Eis verschluckte und erst Sekunden später wieder durchatmen konnte.

Den Abend verbrachten die Kinder bei Adrians Großeltern. Nachdem sie ein fürstliches Essen serviert bekommen hatten, erklärte Luca sich bereit, den Abwasch zu erledigen, damit Adrian Tosca nach Hause bringen konnte.

Im Dunkeln war Venedig besonders schön. Die Lichter spiegelten sich auf dem Wasser und befreit von den Touristen, nahm eine wohltuende Ruhe die ganze Stadt ein. Zwischen zwei Reihen prächtiger Paläste, die ein breiter Kanal voneinander trennte, hatte heute der Mond seinen Platz gefunden und vervollständigte das Bild des sanft schimmernden Wassers.

„Dann besucht ihr uns also morgen? Papa und Mama haben es mir vorhin extra noch einmal gesagt. Sie werden am späten Nachmittag dazukommen und wir essen bei uns!“, erinnerte Tosca ihren Freund.

Adrian nickte und gab dem Mädchen einen Abschiedskuss. Erst als Tosca hinter dem Tor verschwunden war, lief er zum Haus seiner Großeltern.

Signora Contarini

Luca und Adrian warteten vor einem kleinen Tor, das in den Garten des Palastes führte. Der Hintereingang war früher von dem Hauspersonal genutzt worden, jetzt hatten Toscas Eltern die Schlüssel an sich genommen. Die Jungen waren froh, als sie ihre Freundin kommen sahen. Die Sonne stand bereits hoch am Himmel und sie hofften, unter einem Baum einen schattigen Platz zu finden. Diesen Teil des Gartens mochte Adrian überhaupt nicht. Er bestand überwiegend aus Buchsbaumhecken, die ordentlich geschnitten waren und unterschiedliche geometrische Formen zeigten. Aufgefüllt mit Kieselsteinen und begrenzt durch kugelig gestutzte Bäumchen hatte die ganze Anlage etwas Albernes an sich. Die Steinfiguren, die überall hoch hinausragten, verstärkten diesen Eindruck. Tosca erklärte ihnen, dass der Sohn ihrer Vermieterin viel Zeit darauf verwendete, die Hecken zu pflegen, und dass er sich sofort an den Pflanzen zu schaffen machte, sobald auch nur ein einziger Zweig über das vorgeschriebene Maß hinauswuchs.

Verborgen hinter einer Mauer, die einen kleinen Durchgang frei ließ, erschloss sich dann die eigentliche Schönheit des Gartens. Früher hatten sich mehrere Gärtner um die Grünanlagen gekümmert, nun kam nur noch ab und zu ein alter Gärtner vorbei, der es nicht mitansehen konnte, dass die Besitzerin alleine versuchte, gegen das Verwildern anzukommen. Den Sohn kümmerte das nicht, er betrat diesen Teil des Gartens sehr selten und hätte ihn am liebsten schon längst als Bauland verkauft.

Gerade das etwas Verwahrloste hier gefiel den Kindern sehr gut. Überall blühten Rosen in unterschiedlichen Farben und große Oleanderbüsche wechselten sich mit kleinen Zitronenbäumchen ab. Ein muschelförmiges Wasserbecken fügte sich in die Mauer ein und gleich daneben erinnerte ein von Efeu umrankter Markuslöwe aus Stein daran, dass er auch an diesem einsamen Ort das eigentliche Oberhaupt Venedigs war. Der Duft von Jasmin begleitete die drei auf ihrem Weg, bis sie schließlich unter einem Baum den ersehnten Schatten fanden.

„Als ich nach Venedig kam, hätte ich nie gedacht, dass es in dieser Stadt auch nur eine Blume gibt. Und dann ziehe ich in einen Palast, zu dem einer der größten Gärten der Stadt gehört."

„Das stimmt, aber auch sonst wächst hier erstaunlich viel Grünzeug", bestätigte Luca Toscas Worte.

Adrian musste grinsen, es sah Luca ähnlich, dass er die Pflanzen als Grünzeug bezeichnete. Doch er hatte recht, die Einheimischen verstanden es meisterlich, jeden freien Platz mit Blumentöpfen und rankenden Kletterpflanzen zu bestücken. Überall wurden die Balkone und Terrassen von bunten Blumen überwuchert. Der Hof vor dem Haus seiner Großeltern war das beste Beispiel für diese Leidenschaft. Hinter den Palästen und den vornehmen Hotels lagen versteckte Gärten und auch die Klöster der Laguneninseln waren berühmt für ihre prachtvollen Außenanlagen.

Adrian stand auf und ging zu einem weiteren Tor, das durch seine gebogenen Eisenstangen die Sicht auf einen Kanal freigab. Eine Treppe, die zu einem Anlegeplatz führte, war von Wasser geflutet, sodass man sich geschickt anstellen musste, um trockenen Fußes ein Boot zu besteigen.

„Ich habe noch nie gesehen, dass hier irgendein Kahn anlegt", hörte Adrian Tosca sagen. „Wir sollten jetzt hineingehen, ich habe der alten Dame versprochen, dass wir ihr etwas Gesellschaft leisten", forderte sie die Jungen auf. „Erstens wollte sie euch unbedingt einmal kennenlernen, zweitens ist Signora Contarini wirklich eine sehr liebenswürdige Person und drittens weiß ich, dass sie süße Kuchen ebenso mag wie du!", fügte Tosca dann noch hinzu, als sie Lucas mürrischen Blick auffing.

Im Palast war es Luca, dem die protzige Ausstattung missfiel.

„Da sind mir unsere einfachen Häuser auf Hadria eindeutig lieber. Mich wundert es, dass man sich nicht, wie in manchen Museen, sofort Filzpantoffeln überziehen muss. Hier berühre ich bestimmt nichts und auf keinen Fall setze ich mich auf einen dieser dünnbeinigen Stühle", nörgelte er.

Tosca musste lachen. „Keine Sorge, Luca. Wir werden in der Küche Kaffee trinken, Signora Contarini sitzt dort auch viel lieber als im vornehmen Speisesaal."

Adrian konnte seinen Freund verstehen, er war ebenfalls froh, in einem kleinen Fischerhäuschen zu leben, trotzdem verfehlte die Ausstattung des Palastes seine Wirkung auf ihn nicht. Der gründlich polierte Boden glänzte so sehr, dass man sich darin spiegeln konnte. Marmortreppen führten in die oberen Stockwerke und die Wände waren fantasievoll dekoriert und teilweise mit Blattgold belegt. Ganz besonders bestaunte er die Kronleuchter. Die Leute hier sagten, dass das Leuchten der Glaskristalle mit dem Schimmern der Sonne auf dem Wasser zu vergleichen sei.

Tosca liebte diesen Prunk, allerdings lebte sie mit ihren Eltern in den Räumen des Palastes, die früher für die Hausangestellten eine Bleibe geboten hatten, diese waren nicht annähernd so reich möbliert. Das

Mädchen teilte sich mit ihren Eltern drei kleine Zimmer, eine beengte Küche und ein winziges Badezimmer. Aber für Venedig waren es fantastische Bedingungen und die Miete war erschwinglich.

In der Küche wartete bereits Signora Contarini auf die Kinder. Mit zittrigen Händen stellte sie die Espressokanne auf den Tisch und begrüßte alle ausgesprochen herzlich. Sie hatte ein freundliches Wesen, kleine braune Augen und die, für alte Leute typischen, übergroß wirkenden Ohren, an denen Ohrringe baumelten. Dazu trug sie eine dünne goldene Kette. Erstaunt bemerkten die Jungen, dass sie auch heute noch hübsch aussah und sie früher einmal eine schöne Frau gewesen sein musste. Ihre Augen waren unbeholfen geschminkt und auf ihren Lippen schimmerte ein zartrosafarbener Lippenstift. Die wenigen, aber immer noch braunen Haare hatte Signora Contarini hochgesteckt und das einfache, jedoch elegante Kleid stand ihr ausgesprochen gut.

„Setzt euch, meine Lieben. Ich freue mich wirklich, euch endlich einmal kennenzulernen, Tosca hat schon viel über euch erzählt“, forderte die alte Dame ihre Gäste auf.

Tosca sah Luca an, dass er wieder guter Dinge war. Ihm schien die alte Dame zu gefallen und ganz besonders erfreuten ihn die verschiedenen Törtchen, die Signora Contarini auf einer Kuchenplatte angeordnet hatte. Er erkannte sofort, dass das Gebäck aus einer der besten Konditoreien Venedigs stammte und ihre Gastgeberin bei der Auswahl an Sorten nicht gespart hatte. Alle unterhielten sich so angeregt, dass sie gar nicht bemerkten, wie die Zeit verging.

„Welche Berufe haben denn deine Eltern, Adrian?“, fragte Signora Contarini, nachdem Luca ausgiebig über die Trattoria berichtet hatte.

„Mein Vater ist Fischer und meine Mutter Mosaizistin, sie ist die erste Frau, die diesen Beruf in Venedig ausübt“, erzählte er stolz.

„Das ist aber wirklich interessant. Tosca, habe ich dir eigentlich schon einmal das Mosaik in dem großen Badezimmer gezeigt? Es ist wunderschön. Kommt, ihr solltet es euch anschauen.“

Die alte Dame hatte nicht zu viel versprochen, das Mosaik konnte sich tatsächlich sehen lassen. Allerdings gefiel Tosca die Badewanne, die silberfarben unter einem königlichen Kronleuchter thronte, eindeutig am besten. Das Mädchen war so versunken, dass es zusammenzuckte, als plötzlich eine verärgert klingende Männerstimme zu vernehmen war.

„Was habt ihr hier zu suchen?“, schimpfte der Sohn der Vermieterin, der seine Mutter, die von Luca verdeckt wurde, nicht gesehen hatte.

„Ich zeige ihnen nur das Mosaik“, antwortete diese kleinlaut.

„Das hast du ja wohl nun getan, also möchte ich die Herrschaften bitten, sich aus unseren privaten Räumen zurückzuziehen!“

Bei diesen Worten winkte er die kleine Gruppe heraus und verschloss die Tür, bevor er grußlos ging.

Etwas später kamen Antonella und Felipe, Toscas Eltern, nach Hause. Die Kinder bedankten sich für das schöne Kaffeetrinken und verabschiedeten sich von der alten Dame. Beim Abendessen erzählten sie von dem unangenehmen Auftreten des Sohnes.

„Ich mag ihn gar nicht, wie kann eine so liebe Mutter einen derart schrecklichen Sohn haben?“, entrüstete sich Tosca.

„Besonders höflich ist er wirklich nicht, aber zum Glück trifft man ihn im Palast nur selten an“, gab Antonella zu.

„Was macht er denn den ganzen Tag?“, erkundigte sich Luca.

„Das wissen wir nicht, er redet nur das Nötigste mit uns und Signora Contarini erzählt kaum etwas über ihren Sohn“, antwortete Toscas Vater.

„Manchmal habe ich das Gefühl, dass sie sogar ein wenig Angst vor ihm hat. Jedenfalls wirkt sie immer viel fröhlicher, wenn ihr Sohn verreist ist, dann freut sie sich, wenn wir sie besuchen“, überlegte Antonella laut.

„Hat er eigentlich auch einen Namen?“, fragte Luca.

„Den wird er sicherlich haben, aber wir kennen ihn nicht. Selbst seine Mutter spricht ausschließlich als Sohn von ihm“, erklärte Felipe den verdutzten Kindern.

„Aber womit verdient er denn sein Geld?“, wollte Tosca wissen.

„Ich bin mir nicht sicher, ob er überhaupt etwas arbeitet. Signora Contarini erzählte uns allerdings, dass er Kunstgeschichte studiert hat.“

„Aber Papa, er muss doch schließlich mit irgendeiner Beschäftigung sein Geld verdienen."

„Meine liebe Tochter, manchmal reicht es aus, das Kind wohlhabender Eltern zu sein, du musst dir da allerdings keine Hoffnung machen."

„Mir würde es auch gar keinen Spaß machen, den ganzen Tag Däumchen zu drehen", erwiderte Tosca sofort.

„Was ist denn mit dem Mann von Signora Contarini passiert, ist er so reich gewesen?"

„Nein, Luca, er arbeitete an einer Schule. Das Geld hat die alte Dame mit in die Familie gebracht. Allerdings übte sie auch einen Beruf aus, sie erteilte Klavierstunden. Ihr Mann ist vor vielen Jahren gestorben", erzählte Antonella.

„Ich finde, dass Signora Contarini überhaupt nicht so vornehm tut", wunderte sich Tosca.

„Nein, das stimmt, aber wer behauptet, dass alle reichen Menschen sich auch vornehm gebärden müssen?", erwiderte Antonella.

„Na, der Sohn tut das jedenfalls", pflichtete Adrian seiner Freundin bei.

„Aber warum gibt es dann hier nur eine Hausangestellte, wenn sie genügend Geld haben?"

„Weil der Sohn sehr darauf bedacht ist, das Geld zusammenzuhalten, Adrian. Früher reiste wohl die Signora gerne in der Welt umher. Zunächst mit ihrem Mann und nach dessen Tod wurde sie von einer Freundin begleitet. Bis diese Freundin von dem Sohn aus dem Haus geekelt wurde, er hatte wohl Angst, dass seine Mutter das Erbe ausgeben könnte", berichtete Felipe.

„Das ist ja widerlich", meinte Luca und keiner aus der Runde widersprach ihm.

„Ich glaube, dass wir jetzt aufbrechen sollten, sonst machen sich meine Großeltern noch Sorgen", drängte Adrian seinen Freund.

„Gut, dann sehen wir uns morgen Mittag, Tosca. Ich muss zum Friseur gehen, Mama hat es mir aufgetragen. Eigentlich wollte sie mitkommen, aber sie kann Papa mit den Gästen nicht allein lassen. Ich bin ehrlich gesagt ganz froh darüber, etwas peinlich ist es schon, wenn die Mutter beim Friseurbesuch neben einem sitzt. Sie war aber beruhigt, als ich ihr sagte, dass ihr mich begleiten werdet", wandte er sich an Tosca und folgte Adrian, der schon die Treppenstufen hinab eilte.

Das Leuchten der Steine

Adrian wurde von den Glocken geweckt, die in unterschiedlichen Tonhöhen zum Gottesdienst riefen. Doch niemand ließ sich zur Eile drängen, erst allmählich öffneten sich die quietschenden Tore der Lagerhallen, hörte man die Gondoliere, während sie Wasser über ihre schwarzen Boote schütteten, ihre Lieder singen und vernahm das helle Lachen von Kindern, die von den Eltern zum Kindergarten gebracht wurden. Adrian schloss noch einen kurzen Moment die Augen, er konnte nicht sagen, ob ihm das mahnende Getöse der Glocken gefiel. Auf jeden Fall aber war ihm der Gesang der Vögel, von dem er auf Hadria geweckt wurde, lieber und er vermisste ihn jedes Mal, wenn er in Venedig übernachtete.

Nach dem Frühstück machten sich die Jungen auf den Weg zum Friseur. Da sie noch etwas Zeit hatten, nahmen sie einen Ball mit, um auf dem Platz, an dem sich der Salon befand, Fußball zu spielen. Hier standen weniger Blumentöpfe als bei Adrians Großeltern und zum Glück wurde er noch von keinen anderen Kindern belegt. Außer dem Friseur gab es ein kleines Lebensmittelgeschäft und ein Café und natürlich markierte ein Brunnen die Mitte des Hofes.

Als sie gerade eine erfrischende Limonade tranken, gesellte sich Tosca zu ihnen.

„Ich glaube, dass wir jetzt hineingehen sollten", forderte sie ihre Freunde auf.

Luca erhob sich stöhnend und folgte Tosca in das Innere des Friseursalons. Ein junger Mann wies ihm einen Stuhl vor einem Spiegel zu. Er band dem Jungen einen langen Kittel um und entschied sich aufgrund von Lucas Körperlänge, den Stuhl nicht noch weiter hinaufzufahren.

„Guten Tag, du bist ja mit großem Geleit gekommen", begrüßte ihn ein freundlicher Mann. „Mir gehört der Salon und das ist mein Lehrling Nicolo. Wenn es dir recht ist, wird er sich heute einmal an deiner beeindruckenden Haarpracht versuchen."

Luca nickte, sah allerdings zweifelnd zu Tosca, die daraufhin mit den Schultern zuckte.

„Was soll denn gemacht werden?“, fragte der Lehrling etwas schüchtern.

„Einfach alles etwas kürzer schneiden, sodass die Haare wieder auf einer Länge sind“, wiederholte Luca die Worte, die seine Mutter ihm mit auf den Weg gegeben hatte.

Nicolo zupfte hier und da an den Haaren, voller Bewunderung verfolgte er das Zurückschnellen der Strähnen an ihren ursprünglichen Platz und das nicht enden wollende Nachschwingen der widerspenstigen Locken. Tosca liebte es, an ihnen zu ziehen, sie konnte nicht genug davon bekommen, wenn sich die gelbblonden Locken sofort wieder aufwickelten, sobald sie diese losließ. Die Haare hatten nicht nur genau die Farbe, sondern auch die gleiche Form wie die Nudelsorte, die den Namen Fusilli trug. Die Locken des Jungen erinnerten eindeutig an die spiralförmig aufgewickelten Nudeln. Aus diesem Grund hatte Luca sehr schnell den Spitznamen Fusilli bekommen. Ihn störte das nicht, er machte sich darüber selbst lustig und stellte fest: „Fusilli mit grünen Oliven, das ist eines meiner Lieblingsgerichte.“

Luca fing schon unruhig an, auf dem Stuhl hin und her zu rutschen, als der Lehrling endlich zu einer Schere und einem Kamm, den er allerdings sofort wieder ablegte, griff. Adrian sah Tosca an, dass sie dasselbe dachte wie er: Nicolo hatte keine Ahnung, wie er Lucas Haare schneiden sollte, doch traute er sich offenbar nicht, seinen Meister zu fragen. Zaghaft kürzte er einige Strähnen, trat ein Stück zurück und vergewisserte sich jedes Mal, nichts Schlimmes angerichtet zu haben. Vor lauter Konzentration wanderte seine Zunge von einer Seite zur anderen, wie es die zu Kugeln ausgedehnten Wangen verrieten.

„Hoffentlich verschluckt er sie nicht noch“, flüsterte Adrian Tosca ins Ohr.

Luca, der es trotzdem gehört hatte, musste lachen und bewegte sich dabei so sehr, dass Nicolo abrutschte und eine deutliche Ecke in der Frisur hinterließ. Nicolos Miene wurde immer mürrischer, bis er schließlich die Schere auf den Frisiertisch warf und genervt ausrief:

„Ich gebe auf, diese Fusilli kann ich nicht schneiden.“

Der Inhaber des Salons hatte inzwischen den Haarschnitt seiner Kundin beendet und schaute erstaunt von der Kasse auf, in die er gerade die Geldscheine einsortierte.

„Was machst du denn da?“, rief er entsetzt aus. Dann stellte er beschwichtigend fest: „Ich hätte es dir doch erst zeigen sollen, es ist mein Fehler. Schau genau hin, man muss nur wissen, wie man den wilden Dingern Herr werden kann.“

Eine halbe Stunde später trat Luca, zusammen mit Tosca und Adrian, ins Freie. Erst als sie um die Ecke gebogen waren, blieben sie stehen.

„Puh, das ist ja gerade noch einmal gutgegangen, ich dachte schon, dass ich die nächsten Wochen mit einer Glatze herumlaufen müsste, so wie sich Nicolo an meinen Haaren zu schaffen gemacht hat“, rief Luca erleichtert aus.

„Immerhin musst du jetzt bestimmt nicht so schnell wieder zum Friseur gehen, denn es ist ja doch ein ganzes Stück kürzer geworden", lachte Adrian.

„Es sieht aber wirklich gut aus, mach dir keine Sorgen", fügte Tosca schnell hinzu, als sie Lucas entsetzten Gesichtsausdruck sah.

„Auf den Schrecken brauche ich unbedingt eine Stärkung", meinte dieser.

Nonnina hatte ein kaltes Mittagessen bereitet, das hauptsächlich aus eisgekühlter Melone und Panini, Brötchen, die verschieden belegt waren, bestand.

„Heute Abend gibt es dann etwas Warmes zu essen", tröstete sie Luca, dessen enttäuschten Blick sie bemerkte. Fiora leistete ihnen beim Essen Gesellschaft.

„Ich habe mir heute Nachmittag freigenommen, wir könnten gemeinsam etwas unternehmen. Was haltet ihr davon?", fragte sie die Kinder.

„Ich wüsste da schon etwas, aber ich bin mir nicht sicher, ob das möglich ist", entgegnete Tosca sofort.

„Was meinst du denn, raus mit der Sprache", ermutigte Fiora das Mädchen.

„Ich würde unheimlich gern einmal die Mosaikfabrik besichtigen", verriet Tosca.

„Das lässt sich sicherlich einrichten, ich werde aber vorher kurz bei meinem Chef anfragen", antwortete Fiora und stand auf, um zu telefonieren. „Es klappt", verkündete sie wenige Minuten später, „wir sollen in einer halben Stunde da sein."

Also brachen alle, bis auf Nonnina und Luca, die sich lieber um das Abendessen kümmern wollten, auf und wurden am Tor der Fabrik von dem Besitzer in Empfang genommen. Fiora stellte ihm Tosca vor.

„Die beiden kennen Sie ja“, lachte sie und wandte sich ihrem Vater und Adrian zu.

Der Inhaber führte die kleine Gruppe selbst durch die Fabrikhallen. Tosca machte vor lauter Staunen große Augen und stellte immer wieder Fragen. Insgeheim dachte Adrian sich, dass es gut sei, dass sein Freund lieber bei seiner Großmutter geblieben war, denn ihn hätten die ausgedehnte Besichtigung und die unaufhörlichen Fragen Toscas sicherlich gelangweilt. Schließlich erreichten sie die Halle, in der die Mosaiksteine gelagert wurden. Nun passierte es, dass auch Tosca einmal nichts mehr sagte. Die Vielfalt an unterschiedlichen Farben und das intensive Strahlen der Mosaiksteine beeindruckten sie so sehr, dass es ihr die Sprache verschlug. Der Fabrikbesitzer freute sich über diese Reaktion und begann zu erklären: „Die Rezeptur für diese gläsernen Mosaiksteine ist seit jeher geheim, nur wenige kennen die exakte Mischung. Die Kunst besteht darin, Farben zu produzieren, die an die wunderschöne Morgenröte erinnern, oder aber einen Goldton zu erreichen, den die Venezianer mit einem goldenen Schleier vergleichen, der manchmal über dem Wasser der Lagune zu schweben scheint. Für alle Farbtöne gilt das Gleiche, sie müssen uns an etwas erinnern, an die Schönheiten der Natur, an das Licht der Sonne, an die Schattierungen des Wassers oder eben an unsere wundervolle Stadt, in der wir leben. Nur wenn das Mosaik diese intensive und leuchtende Strahlkraft besitzt, ist es wertvoll und ein Zeichen seiner Echtheit", referierte er leidenschaftlich.

„Wenn ich meine Liebe nicht schon dem Meer geschenkt hätte, würde ich Mosaizistin werden, so wie du, Fiora", schwärmte Tosca, und das war sicherlich das größte Lob, das sie dem Inhaber der Fabrik machen konnte. „Bei Signora Contarini, unserer Vermieterin, besteht der Badezimmerboden auch aus einem Mosaik", erzählte sie.

„Signora Contarini, sagst du? Ich erinnere mich daran. Für einen Privathaushalt war es ein ausgesprochen großer Auftrag. Er fiel in die Zeit, als du, Fiora, das Mosaik im Kloster restauriert hast, und wir konnten nur mit Mühe den Lieferungen für die Aufträge nachkommen."

„Wir müssen nun leider gehen, meine Mutter wartet sicherlich schon auf uns. Vielen Dank, dass Sie sich die Zeit für uns genommen haben", verabschiedete sich Fiora schließlich von dem freundlichen Fabrikbesitzer.

Nachdem sie Tosca nach Hause gebracht hatten, machten sich die anderen auf den Weg zu Nonnina und Luca.

Die Insel der Toten

Adrian und Luca wurden von Fiora aus dem Schlaf gerissen. Sie hatte bereits gefrühstückt und wollte sich gleich auf den Weg zu einer alten Kirche machen. Da die Jungen mit Giulio, der gerade den Fisch auslieferte, nach Hadria zurückfahren sollten, kannte Fiora kein Erbarmen und wartete, bis sie aufgestanden waren.

„Ich werde noch einmal hier bei meinen Eltern übernachten, in den ersten Stunden des Tages kann ich in aller Ruhe arbeiten. Morgen komme ich dann, zusammen mit Tosca, nach Hause“, versprach sie.

Ihr Sohn nickte und nachdem er sich von Fiora verabschiedet hatte, folgte er Luca, der hoffte, in der Küche mit warmen Hörnchen empfangen zu werden. Adrian wusste, dass Tosca heute noch zeitiger als er selbst, nämlich mitten in der Nacht, aufgestanden war, da sie ihre Eltern auf eine Forschungsfahrt in die Lagune begleitete.

Die Großeltern enttäuschten Luca nicht und seine Laune besserte sich sofort. Als er gerade in das vierte Hörnchen beißen wollte, drängte ihn Adrian zum Aufbruch:

„Papa wartet sicher schon, wenn du also immer noch nicht genug hast, musst du das Frühstück wohl auf dem Weg fortsetzen.“

Auf Hadria angekommen, lief Luca sofort nach Hause. Er sollte heute in der Trattoria servieren, denn seine Eltern hatten viele Gäste zu bewirten.

„Ich werde mich ein wenig ausruhen, danach kannst du mir gern beim Flicken der Netze helfen und mit mir zum Fischen hinausfahren“, sagte Giulio.

Adrian versprach es. Er begleitete seinen Vater sehr gern, aber seit er zur Schule ging, passierte es viel zu selten. Der Junge legte sich auf sein Bett und schlief augenblicklich ein.

Der intensive Duft nach gebratenem Speck weckte Adrian auf. Nachdem sie gegessen hatten, gingen Giulio und Adrian zum Boot und begannen damit, die schadhaften Netze auszubessern, danach beluden sie das Fischerboot. Sie beschlossen, etwas früher als nötig loszufahren, denn beide liebten die Stimmung der abendlichen Lagune. Die Fahrrinnen wurden durch mächtige Pfähle abgesteckt und auf den meisten saßen Kormorane. Von Weitem hatte man den Eindruck, dass die großen, schwarz gefiederten Vögel zur Pfahlkonstruktion gehörten. So wie der Markuslöwe in der Stadt beanspruchten sie in der Lagune die Vorherrschaft über das Wasser.

„Heute ist es windstill, übernimm das Steuer und zeig, was du bisher gelernt hast“, forderte Giulio seinen Begleiter auf.

Adrian bewies, dass er der Sohn eines Fischers war, und lenkte das Boot geschickt durch die Fahrrinne.

„Siehst du die Insel dort?“, fragte Giulio. „An dieser Knocheninsel legt niemand freiwillig an. Es soll nur so von Ratten wimmeln, wahrscheinlich nagen sie an den Skeletten, die überall im Boden vergraben sind.“

Adrian schaute Giulio mit großen Augen an.

„Lange wurden die Knochen der Toten aus den Gräbern entnommen und auf den unbewohnten Inseln vergraben, inzwischen verbrennt man die Knochen zum Glück. Ganz früher gab es auf der Insel ein Kloster, dahinten kannst du die Ruine erkennen. Aber heute hat sie nur noch den Ruf, eine Insel der Toten und Schlangen zu sein, und ich glaube nicht, dass sie irgendjemand in den letzten Jahren betreten hat“, erklärte Giulio weiter, während er sich angeekelt schüttelte.

Er blickte zu den Salzwiesen, die durch Wasserarme und Sandbänke durchbrochen wurden und auf denen sich das Leben behauptete. Zu dieser Jahreszeit blühte der wilde Strandflieder in einem kräftigen Violett und verwandelte die Wiesen in ein Blütenmeer.

Nachdem sie die Netze ausgeworfen und die Reusen befestigt hatten, fuhr Adrians Vater das Boot zur Fischerhütte. Giulios Hütte befand sich auf Pfählen ziemlich hoch über dem Wasser, deshalb führte eine Holztreppe zu ihrem Eingang. Um den einfachen Bau herum war eine Terrasse gebaut, von hier hatte man einen herrlichen Ausblick. Der Himmel war jetzt in ein tiefes Orange gefärbt und allmählich schien die Sonne im Wasser zu versinken. Schließlich legte sich der grauviolette Schimmer über die Lagune, den Adrian besonders mochte.

Giulio hatte in der Hütte ein Abendessen für sich und seinen Sohn bereitet. Der gebratene Fisch und die dicken Scheiben Weißbrot, die mit fleischigen

Tomaten belegt waren, schmeckten unter dem funkelnden Sternenhimmel noch einmal so gut. Dazu tranken sie Orangenbrause aus Flaschen, die Giulio vorher an ein Seil gebunden hatte, um sie in der Lagune zu kühlen. Lange sagten die beiden nichts, sie genossen das Essen und lauschten den wenigen Geräuschen der Nacht. Jetzt hörte man besonders gut die vereinzelten Rufe der anderen Fischer, das Wasser, das gegen die Pfähle schlug, und das Gekrächz von Vögeln, die an diesem Abend einen letzten Fisch erwischen wollten.

„Papa“, sagte Adrian nach einiger Zeit, „wie ist das damals mit dir und Mama gewesen, als du sie zum ersten Mal getroffen hast?“

Giulio hatte seinem Sohn schon häufig beschrieben, wie er Fiora kennengelernt hatte, aber Adrian konnte nicht genug davon bekommen, es wieder und wieder zu hören. Nachdem Giulio die Erzählung beendet hatte, spürte Adrian den Blick seines Vaters auf sich ruhen.

„Und bei dir? Kommt ihr gut zurecht?“

Zum Glück genügte Giulio das Nicken, das sein Sohn ihm zur Antwort gab, begleitet von einem Lächeln, das über Adrians Gesicht huschte.

„Die Liebe ist etwas sehr Schönes. Ich würde alles für Fiora tun und ich liebe sie mit jedem Tag mehr“, schwärmte Giulio.

„Hoffentlich denkt Großvater an die Blüte für Mama“, fiel Adrian nun ein.

„Da musst du dir keine Sorgen machen, das wird er“, beruhigte ihn Giulio. „Ich habe eine Idee“, dachte er dann laut. „Was hältst du davon, wenn wir uns jeder eine kleine Tätowierung stechen lassen. Eine Blüte, die ebenso schön ist wie die Blüten, die Fiora in ihrem Haar trägt. Dann werden wir immer daran denken.“

Adrian stimmte sofort zu, auch wenn er sich insgeheim fragte, was seine Mutter dazu sagen würde.

Die Rettung der Krebse

Als Fiora in Begleitung von Tosca nach Hause kam, schlief Adrian noch.

„Sie sind die ganze Nacht mit dem Boot draußen gewesen, ich glaube, dass er so schnell nicht aufstehen wird“, befürchtete Fiora.

„Dann laufe ich zu Luca und helfe ihm etwas“, überlegte Tosca.

„Ja, sobald Adrian aufgewacht ist, schicke ich ihn zu euch und heute Abend essen wir alle zusammen in der Trattoria“, versprach Fiora.

Abends verabredeten sich die Kinder für den folgenden Tag am Bootsanleger, um eine Ausfahrt in die Lagune zu unternehmen. Adrian hatte ihnen von der geheimnisvollen Insel erzählt und Luca und Tosca wollten vom Boot aus schwimmen gehen.

Als Adrian die beiden von Weitem kommen sah, musste er lachen. Tosca und er hatten sich schon gestern vorgestellt, wie Luca einen großen Korb mit Essen zum Boot schleppen würde, und genau das tat er.

„Wir bringen ihn am besten erst einmal zur Fischerhütte, da können wir dann später eine Pause machen", meinte Adrian.

Nachdem sie den Korb abgeladen hatten, sagte Tosca: „Papa hat mir hier in der Nähe einmal ein untergegangenes Wrack gezeigt, lasst uns danach suchen."

Es dauerte ziemlich lange, bis sie das alte Fischerboot fanden, sodass Luca immer mürrischer wurde, da der reich gefüllte Proviantkorb noch etwas warten musste. Als Tosca aber jeweils zwei Taucherbrillen und Schnorchel hervorholte, war er doch gespannt, was sie unter Wasser entdecken würden. Adrian warf einen Anker aus, schob seinen Sonnenhut tief in das Gesicht und machte es sich an Bord gemütlich. Leider währte die Ruhe für Adrian nicht lange, schon nach ein paar Minuten hörte er Luca, der laut fluchend die Taucherbrille vom Kopf zog.

„Das Wasser ist viel zu trübe, man kann kaum etwas erkennen, und wenn man doch endlich etwas gesehen hat, läuft der Schnorchel voll. Das macht keinen Spaß und außerdem knurrt mein Magen."

Tosca ließ sich von Lucas schlechter Laune nicht anstecken und setzte das Schnorcheln unbeirrt fort.

Einige Zeit später tauchte sie neben dem Boot auf. Tosca flüsterte Adrian zu, dass er sich am Bootsrand festhalten solle, was er ihr zuliebe tat. Sie hielt einen Finger auf ihren Mund und öffnete vorsichtig ihre

Hand. Dann legte das Mädchen ein Dutzend Einsiedlerkrebse auf Lucas Badehose und hoffte, dass die Tiere sich bald in Bewegung setzen würden. Zum Glück musste Tosca nicht lange warten, denn sie konnte sich das Lachen schon jetzt kaum verkneifen. Nach und nach wagten sich die kleinen Krebse aus ihren Behausungen und begannen, die seltsame Umgebung zu erforschen. Als ungefähr die Hälfte der Krebse den schützenden Stoff der Badehose verlassen hatte und über Lucas nackte Haut krabbelte, schrie dieser laut auf, griff in Richtung der sich bewegenden Krebshäuser und schleuderte sie im hohen Bogen ins Wasser. Nun war es tatsächlich gut, dass sich Adrian immer noch an der Bordwand festhielt, denn während Luca seinen langen Körper ruckartig aufrichtete, um die lästige Belagerung auf seinem Bauch zu beenden, fing das Boot gefährlich an zu schwanken. Luca warf Tosca, die sich über ihren gelungenen Streich köstlich amüsierte, einen wütenden Blick zu.

„Ich glaube, dass wir jetzt unbedingt zur Hütte fahren sollten, damit Luca etwas zu essen bekommt, sonst könnte es heute noch ein ungemütlicher Tag für uns werden, Tosca!“, schlug Adrian grinsend vor.

Und wirklich besänftigten Luca das Picknick und der Ausblick über die Lagune.

„Jetzt tun mir die kleinen Kerle leid, sie konnten ja nichts dafür, dass sie auf meinem Bauch gelandet sind“, stellte er, zu Tosca gewandt, fest.

„Da hast du recht, aber ihnen wird nichts passiert sein, denn sie ziehen sich bei Gefahr sofort in ihr

Haus zurück und sind wieder sanft im Wasser gelandet", erwiderte Tosca.

„Ich weiß, wie wir ein gutes Werk tun können, zumindest für ihre größeren Verwandten", sagte Adrian. „Vielleicht verzeihen sie dir dann die unfreiwillige Flugeinlage", fügte er hinzu.

Auf Toscas Drängen hin erzählte Adrian, was er vorhatte.

„Wenn ihr das für eine gute Idee haltet, bin ich dabei, aber vorher werde ich noch ein paar meiner Lieblingskekse vertilgen", entschied Luca.

Adrian musste schmunzeln, ihm fiel kein Gebäck ein, das nicht zu Lucas Lieblingen gehörte. Aber diese aus gelbem Maisgrieß gebackenen Kekse schmeckten wirklich gut.

„Ein Geheimnis ist übrigens die gesalzene Butter. Leider habe ich es bisher noch nicht geschafft, die Kekse ebenso gut hinzubekommen. Die Bäckereien halten ihre Rezepte unter Verschluss. Das ist fast wie in der Mosaikfabrik deiner Mutter, dort erfährt man ja auch nichts über die genaue Zusammensetzung der Mosaike", verglich Luca die Kekse mit den wertvollen Glassteinchen.

Nachdem sie die Terrasse der Hütte verlassen hatten, ruderte Adrian das Boot vorsichtig durch einen engen Kanal, bis sie zu einer Reihe Kisten kamen, die an Stangen über dem Wasser aufgehängt waren. In den hölzernen Gefängnissen wimmelte es von Krebsen, die ihrem traurigen Schicksal nicht mehr entkommen konnten. Zweimal im Jahr wechselten die

Krebse ihren Panzer, in dieser Zeit bot man sie in den Restaurants als Delikatesse an, denn nun war ihr Fleisch besonders weich und unter den Genießern sehr begehrt. Adrian wusste, dass Giulio das Geschäft mit den Krebsen nicht liebte und sich nie am Krebsfang beteiligt hatte. Deswegen scheute er sich nicht, die armen Gesellen in die Freiheit zu entlassen. Tosca versperrte mit ihrem großen Sonnenhut die Sicht auf die Jungen. Nachdem alle Behältnisse geleert waren, lenkte Adrian das Boot zurück in die offene Lagune und verlangsamte das Tempo erst, als sie sich weit genug von den Kisten entfernt hatten.

„Ein bisschen schade ist es schon, diese butterzarten Krebse wieder freizulassen, aber ehrlich gesagt gefällt selbst mir die Zubereitungsart nicht. Lebende Tiere in kochend heißes Wasser zu werfen, das ist in der Tat grausam“, empörte sich Luca.

Auf einmal bekam die Lagune einen bräunlichgrünen Farbton und Adrian konnte das Ruder nur mit kraftvollen Zügen durch diesen ausgedehnten Algenteppich bewegen.

„Man könnte die Algen vielleicht als Gemüse zubereiten“, dachte Luca laut.

Tosca sah ihn entgeistert an.

„Am besten kocht man sie zusammen mit den armen Krebsen, das wäre bestimmt eine leckere Suppe!“, meinte sie und verzog bei dieser Vorstellung ihr Gesicht.

„Achtet lieber auf die Insel dahinten, deswegen mühe ich mich nämlich gerade so ab. Das ist die

Insel, von der ich euch erzählt habe“, unterbrach Adrian den Wortwechsel.

„Es ist wirklich unheimlich, dass überall Knochen vergraben sind und dort nur Ratten und Schlangen leben. Trotzdem würde ich mir gern die Ruine genauer ansehen“, sagte Tosca und blickte die Jungen erwartungsvoll an.

Das Kloster war teilweise von einer Mauer umgeben, an einer Stelle versuchte sich ein ärmlich aussehender Baum einen Weg durch die Steine zu bahnen.

„Also ich bleibe im Boot, falls ihr vorhabt, die Insel zu betreten. Selbst der Baum dort scheut keine Mühe, von dort wegzukommen“, stellte Luca sofort klar.

Plötzlich erhob sich ein riesiger Schwarm Silberreiher in den Himmel und Adrian erschreckte sich so sehr, dass ihm beinahe das Ruder aus der Hand geglitten wäre.

„Ich stimme dir voll und ganz zu, außerdem sollten wir auch nach Hadria zurückfahren, sonst bekommen wir sicherlich Ärger mit unseren Eltern“, unterstützte Adrian seinen Freund und ruderte, so schnell er konnte, von dem furchteinflößenden Eiland weg.

Silberne Schuhe

Aus dem Suppentopf stiegen dunkle Dämpfe auf, und die Scheren der durch die Hitze rot gefärbten Krebse versuchten an den glatten Rändern Halt zu finden. Es war schrecklich mitanzusehen, Luca wälzte sich schweißgebadet von einer auf die andere Seite.

„Luca, wach auf, warum schreist du denn so?“, erlöste ihn Toscas Stimme aus diesem Albtraum.

Zum ersten Mal war der Junge froh, dass er geweckt wurde, und erzählte von den Krebsen.

„Dann wird etwas Ablenkung jetzt genau das Richtige für dich sein. Wir können mit Giulio zum Kloster fahren, er hat dort etwas zu erledigen“, sagte Tosca.

Also liefen sie nach dem Frühstück zum Anleger und freuten sich auf den Ausflug. Adrian hatte ihnen schon viel über das Kloster erzählt, denn er begleitete seinen Vater seit seiner Kindheit, wenn dieser die Mönche mit Fisch belieferte. Bisher waren aber weder Luca noch Tosca je dort gewesen.

Das Kloster und die dazugehörigen Gärten nahmen fast die ganze Insel ein. Tosca konnte es kaum erwarten, anzukommen und alles zu erforschen. Das Gebäude verbarg sich hinter hohen Zypressen, die das Bauwerk wie eine Mauer umgaben, und man gelangte durch eine Allee alter, knorriger Olivenbäume zum Eingangstor. Dort empfing sie ein freundlich aussehender Mönch, der Giulio und Adrian sofort in die Arme schloss.

„Das sind Tosca und Luca“, stellte Giulio die beiden vor.

„Herzlich willkommen, ich freue mich, euch kennenzulernen. Tretet ein, hier gibt es einiges zu sehen“, forderte sie Bruder Francesco auf.

Er führte die kleine Gruppe durch den Kreuzgang, in dessen Mitte exotische Pflanzen aus der ganzen Welt wuchsen, für die das Kloster berühmt war. Tosca hatte sich bisher immer vorgestellt, dass Mönche langsam und bedächtig schreiten würden. Bruder Francesco jedoch bewegte sich, trotz seines fortgeschrittenen Alters, erstaunlich flink und sie alle mussten sich beeilen, um ihm folgen zu können. Der Mönch war eher klein, ob er unter seiner Kutte einen Bauch versteckte, war nicht zu erkennen. Haare besaß Bruder Francesco kaum noch, diejenigen, die er hatte, erinnerten Tosca an den Flaum von kleinen Vogelkindern. Dafür trug der Mönch aber einen beachtlichen Bart.

„Giulio und ich müssen nur kurz mit dem Koch die Fischlieferung für die nächste Woche besprechen. Schaut euch schon einmal um, du kennst dich ja aus, Adrian“, ermunterte Bruder Francesco die Kinder.

Also führte Adrian seine Freundin und Luca durch das Kloster, stolz, dass der Mönch ihm vertraute. Nachdem sie die kleinen Wohnzellen angeschaut hatten, zeigte Adrian den Gemüsegarten, die Weinstöcke und die wunderschönen Rosen.

Im Kreuzgang stießen Giulio und Bruder Francesco wieder zu ihnen. Nun durften die Kinder die Bibliothek besichtigen. Unter dem strengen Blick des Bibliothekars staunten alle über die unzähligen und teilweise sehr alten Bücher, die in vielen Sprachen verfasst waren. Als sie die Bibliothek verließen, gingen sie an einem kleinen Podest vorbei, auf dem silberne, mit Perlen bestickte Pantoffeln standen. Tosca erkundigte sich natürlich sofort, wem denn diese hübschen Schuhe gehörten.

„Du denkst wahrscheinlich, dass es einst die Schuhe einer Prinzessin gewesen sind, aber da irrst du dich. Diese feinen Pantoffeln zieht der Priester über, bevor er den Altarraum betritt. Als kleiner Junge, Adrian, wolltest du immer hineinschlüpfen, und es war nicht leicht, dich davon abzuhalten“, erinnerte sich Bruder Francesco schmunzelnd.

Auf der anderen Seite des Raums führte ein bogenförmiger Durchgang in einen weiteren Teil des Klosters. Adrian erzählte, dass das prächtige Mosaik, mit dem die Wände bestückt waren, seine Mutter vor ein paar Jahren restauriert hatte.

„Das ist unglaublich schön, es ist so, wie es der Fabrikbesitzer beschrieben hat: Das Orange erinnert an die Morgenröte und die Farben strahlen wunderbar! Man sieht keinen Unterschied zwischen dem alten Mosaik und den Steinen, die ersetzt wurden“, schwärmte Tosca.

„Ja, das zeigt, wie gut die Mosaiksteine sind, die aus der Fabrik kommen, und dass Fiora ihr Handwerk wirklich versteht“, lobte Bruder Francesco die Arbeit.

Zum Abschluss begleiteten seine Gäste ihn in die Küche.

„Das nenne ich mal eine Küche“, rief Luca begeistert aus.

Die anderen bewunderten ebenfalls den riesigen, in einem Gewölbe liegenden Raum, sowohl wegen der beachtlichen Größe als auch wegen der besonderen Fliesen, mit denen der gesamte Boden ausgelegt war.

„Ich habe schon gehört, dass du ein leidenschaftlicher Koch und Genießer bist. Dann solltest du unbedingt von unserer Rosenmarmelade kosten“, meinte der Mönch und hielt Luca einen Löffel vor den Mund.

Luca schmeckte der süße Aufstrich so gut, dass der Koch ihm ein Glas davon schenkte.

Als sie wieder an der Klosterpforte standen, traute sich Tosca zu fragen: „Entschuldigen Sie, Bruder Francesco, aber ich muss Sie einfach darum bitten. Dürfte ich kurz über Ihr Haar streichen?“

„Natürlich, das kannst du gerne tun“, erlaubte es der Mönch sofort. „Ich warte immer darauf, dass einmal ein Vogel sein Nest darin baut“, scherzte er.

Nachdem die Kinder versprochen hatten, bald wiederzukommen, verabschiedete sich Bruder Francesco und verschloss das mächtige Klostertor hinter ihnen.

Burro

Die Ferien waren viel zu schnell vergangen und für Tosca und die beiden Jungen kehrte der Alltag zurück. Nach ein paar Wochen hatten sie sich gut in der neuen Schule eingewöhnt. Signor Orlando war zwar nun nicht mehr ihr Klassenlehrer, unterrichtete die Kinder aber in den Fächern Sport und Italienisch. Adrian spielte außerdem in der Theatergruppe mit und Tosca hatte sich für den Schwimmkurs angemeldet, den Signor Orlando ebenfalls leitete. Anders als in der Grundschule mussten sie häufig ihre Unterrichtsräume wechseln und es waren einige Fächer hinzugekommen. Besonders Tosca fiel es da schwer, immer an alles zu denken. So hatte sie auch heute ein Bild, das sie zu Hause hatte beenden und am Nachmittag abgeben sollen, vergessen.

„Oh nein, ich hatte es noch Signora Contarini gezeigt und wahrscheinlich habe ich es auf dem Tisch liegen gelassen“, jammerte Tosca. „Kommt ihr in der Mittagspause mit zu mir nach Hause, um es zu holen? Es ist noch ein Rest Essen von gestern Abend da, den wir uns aufwärmen können“, fügte sie hinzu in der Hoffnung, Luca damit zu locken.

„Das klingt gut, wir treffen uns am besten vor der Schule“, antwortete der dann auch sofort.

Als sie sich ein paar Stunden später auf den Weg zum Palast machten, bestand Luca darauf, zunächst zu essen und erst danach das Bild zu suchen. Also servierte Tosca eine salzige Torte, deren Blätterteig mit einer Mischung aus Eiern, Parmesan und Schinken gefüllt war.

„Es schmeckt sehr gut, ich kannte dieses Gericht bisher gar nicht“, bemerkte Luca anerkennend.

„Das wundert mich nicht. In Genua wird es häufig angeboten, aber hier habe ich die Torte noch nie gegessen“, erwiderte das Mädchen.

„Wir sollten jetzt nachsehen, wo das Bild liegt, sonst kommen wir zu spät“, drängte Adrian die anderen.

„Ja, du hast recht, es müsste eigentlich im Wohnzimmer der Signora sein. Sie ist heute beim Friseur, wir können also einfach hineingehen“, antwortete Tosca, sprang auf und lief nach nebenan.

„Ich habe das Bild gefunden“, rief sie von dort den Jungen zu, die in der Küche den Tisch abräumten. Auf einmal wurden sie von einem lauten Wortwechsel unterbrochen.

„Was wühlst du hier in unseren privaten Räumen herum?“, hörten sie eine Männerstimme verärgert ausrufen.

Adrian und Luca rannten ins Wohnzimmer.

„Ach, du hast dir auch gleich noch Gäste eingeladen?“, empörte sich der Sohn der Vermieterin weiter.

„Ich wollte mein Bild holen, das ich hier vergessen hatte“, versuchte sich Tosca zu verteidigen.

„Das stimmt, wir sind nur mitgekommen“, nahm Adrian seine Freundin in Schutz.

„Dich habe ich, glaube ich, nicht um deine Meinung gebeten“, entgegnete der Sohn unwirsch.

„Warum sind Sie eigentlich so unfreundlich, wir haben Ihnen doch gar nichts getan“, wehrte sich Luca.

Der Sohn stellte sich ganz nah vor den Jungen, sodass Luca die Schweißränder auf dem seidenen Hemd und die feinen Äderchen unter den matten Augen seines Gegenübers sehen konnte. Obwohl der Sohn teuer gekleidet war und blank geputzte Lederschuhe trug, hatte er etwas Ungepflegtes an sich. Seine Fingernägel schien er abzukauen und das Haar glänzte fettig, entweder, weil es länger nicht gewaschen worden war, oder aber mit schmierigem Haaröl in Form gehalten werden sollte.

In diese Haare würde Tosca sicher nicht fassen, dachte sich Luca im Stillen und hielt die bedrohliche Nähe des Mannes tapfer aus.

„Ich wiederhole mich ungern: Ihr habt hier nichts zu suchen. Deine Eltern können sich nämlich nur die Miete für die kleinen Angestelltenräume leisten. Sehe ich euch hier noch ein einziges Mal, werde ich zu anderen Mitteln greifen!“, maßregelte der Sohn die Kinder und ließ sie stehen.

„Kommt, hier stinkt es nach Schweiß und süßlichem Parfüm, das passt zu diesem Widerling“, schimpfte Luca und lief hinaus, um durchatmen zu können.

Tosca schnappte sich das Bild und folgte ihm, begleitet von Adrian.

„Warum regt er sich so auf?“, überlegte dieser.

„Ich verstehe es auch nicht. Wahrscheinlich ist er einfach ein ziemlich unangenehmer Mensch. Aber

Signora Contarini werde ich weiter besuchen. Sie freut sich immer so darüber!“, entgegnete Tosca.

Auch Luca hatte einen zusätzlichen Kurs in der Schule gewählt. Er lernte bei einem Konditor, der ein Café in Venedig besaß, die Kunst des Tortenbackens. Schon nach ein paar Wochen hatte der Konditor seinen Schüler ins Herz geschlossen und freute sich über den Eifer, mit dem der Junge an die Arbeit ging. Eines Tages sagte Luca: „Lasst uns heute nach der Schule in das Café gehen, ich kenne es noch nicht. Es soll sehr schön sein und mit Sicherheit gibt es dort nicht nur leckere Torten.“

„Das ist eine gute Idee, ein Stück Kuchen wird bei dem miesen Wetter meine Laune bessern“, hoffte Adrian.

Venedig war in einen dichten Nebel gehüllt, der die Sicht stark einschränkte. Auch das Läuten der Glocken und die Rufe der Gondoliere wurden durch die Nebelwand gedämpft. Das Unangenehmste aber war, dass die Kleidung in kürzester Zeit feucht und muffig am Körper klebte. Deswegen beeilten die Kinder sich und waren froh, als sie den warmen Innenraum des Cafés betraten. Es gefiel ihnen dort sofort sehr gut. Farbenfrohe Gemälde schmückten die Wände und gemütlich aussehende Stühle, die um runde Tische gruppiert waren, luden zum Verweilen ein. Am meisten bewunderten sie aber die Treppe, deren gusseisernes Geländer sich in eine zweite Ebene schlängelte.

Luca betrachtete interessiert die belegten Brote und die Teller mit gegrilltem Gemüse, verschiedenen Olivensorten und Torten, die hinter einer Glasscheibe angeboten wurden.

„Ich glaube, dass ich euch nicht zu viel versprochen habe“, freute er sich.

„Wie heißt eigentlich dein Lehrer?“, erkundigte sich Tosca.

„Ehrlich gesagt kann ich mir seinen Namen nicht merken“, flüsterte Luca, damit ihn niemand sonst hören konnte.

„Luca, wie schön, dass du einmal vorbeischaust, und dann auch noch in Begleitung“, begrüßte sie ein Mann, der hinter der Theke auftauchte. „Ich bin Signor Monti, aber meine Freunde nennen mich Burro“, stellte er sich dann zum Glück selbst vor.

Adrian musste grinsen. Burro, das italienische Wort für Butter, passte wirklich sehr gut zu dem rundlichen Mann, der weiche Gesichtszüge hatte.

„Ich benutze eben ausgesprochen gern gute Butter für die Torten“, erklärte Burro seinen seltsamen Spitznamen. „Was kann ich euch anbieten? Es geht alles auf meine Rechnung, denn es ist schließlich euer erster Besuch hier“, lud er die Kinder ein.

Nachdem sich die drei etwas ausgesucht hatten, schickte der Cafébesitzer sie nach oben auf die Empore.

„Das sind die besten Plätze“, sagte Burro, während er das Tablett auf den Tisch stellte.

Tosca und die Jungen ließen es sich schmecken und beschlossen, dass sie hier nun öfter Zeit verbringen würden.

Später führte sie Burro zu einer kleinen, geschützten Aussichtsterrasse des Hauses. Von hier aus hatte man einen fantastischen Ausblick über die Dächer Venedigs und konnte das Gewimmel in den Gassen verfolgen. Heute lohnte sich das besonders, denn der anhaltende Regen der vergangenen Tage hatte wieder einmal zur Überflutung der Stadt geführt. Die Venezianer kannten diesen Zustand und waren darauf vorbereitet. Die großen Plätze wurden mit erhöhten, schnell aufgebauten Bretterwegen miteinander verbunden. Trotzdem benötigte man lange Gummistiefel, um keine nassen Füße zu bekommen, allerdings begnügten sich einige Leute auch mit Plastiksäcken, die sie über ihre Schuhe und Hosenbeine stülpten. Die Touristen konnte man eindeutig ausmachen, denn sie versuchten hilflos den Wassermassen, die sich mancherorts sogar in den Hauseingängen, ebenerdigen Läden und Restaurants ausbreiteten, zu entkommen. Da es immer noch regnete, reihten sich die bunten Regenschirme aneinander und gaben der Stadt ein farbenfrohes Aussehen.

„Ich muss bald zu Hause sein, wir sollten aufbrechen“, sagte Tosca schließlich.

„Ja, meine Großeltern warten sicherlich auch schon auf uns“, stimmte Adrian ihr zu.

Als sie wieder auf der Straße standen, sahen sie noch mehr Auswirkungen des Hochwassers. Es suchte sich durch die Pflastersteine seinen Weg, schwappte über die Treppenstufen und überflutete sogar Brücken. Immer wieder heulten Sirenen auf und mahnten die Menschen zur Vorsicht. Der Markusplatz erinnerte mit seiner schimmernden Wasserdecke an ein riesiges Eisstadion und alle Tische und Stühle der zahlreichen Cafés waren zu hohen Türmen aufgestapelt. Auf einmal blieb Adrian vor einem Schaufenster stehen.

„Was gibt es da zu sehen?“, wollte Tosca wissen.

In dem Geschäft wurden Stoffe verkauft. Das Besondere aber war die Schaufensterpuppe: Ein stolz aufgerichteter Fuchs trug einen prächtigen Mantel, der aus einem blauen, goldfarben gemusterten Stoff geschneidert war.

„Der steht da schon, seit ich denken kann. Papa musste früher immer mit mir hierher gehen, damit ich mir den Fuchs anschauen konnte. Und irgendwann kaufe ich mir eines dieser Bücher, die dort liegen. Ich finde, dass sie sehr schön aussehen mit ihren in Stoff eingebundenen Buchdeckeln“, erklärte Adrian seiner Freundin.

„Die kosten bestimmt ein Vermögen, aber hübsch sind sie wirklich“, meinte Tosca.

Die Jungen begleiteten ihre Freundin noch zum Palast und liefen dann, so schnell es bei der Wetterlage eben ging, zum Haus von Adrians Großeltern.

Der Geburtstagswunsch

Inzwischen hatte der Winter in einer für Venedig ungewöhnlichen Strenge Einzug gehalten. Die Temperaturen waren stark gesunken und es wehte ein eisiger Wind. Während Adrian sich mit dem Rudern abmühte, saß Luca mürrisch und mit blaugefrorenen Lippen im Boot und beschwerte sich über die klirrende Kälte.

„Vielleicht löst du mich doch einmal ab, ich spüre meine Finger schon nicht mehr!“, regte Adrian sich auf.

Später standen Luca, Adrian und Tosca mit ein paar anderen Kindern zusammen und unterhielten sich über die Vorbereitungen für die Weihnachtsfeier, die bereits begonnen hatten.

„Die Zeit vergeht wie im Flug. In einer Woche ist schon der letzte Schultag vor den Ferien“, stellte ein Mädchen fest.

„Ein Glück, ich kann die Bücher nicht mehr sehen“, stöhnte selbst Luca, der selten viel tun musste, um gute Noten zu bekommen.

„Am Samstag proben wir für unsere Theateraufführung. Mama und ich schlafen deswegen morgen bei meinen Großeltern“, sagte Adrian. „Luca, du könntest doch auch hierbleiben. Ich habe gestern Burro getroffen, er fragte mich, warum wir so lange nicht im Café vorbeigeschaut hätten. Das wäre eine gute Gelegenheit“, schlug er dann noch vor.

Es tat ihm etwas leid, dass er seinen Freund auf der Fahrt zur Schule zurechtgewiesen hatte, und Adrian hoffte, dass sich Luca über seine Idee freuen würde.

Am Freitag liefen die Kinder nach dem Unterricht zum Café. Tosca blieb immer wieder stehen und bewunderte das winterliche Venedig.

„Seht einmal, die weißen Dächer und die Eiszapfen dort“, rief sie entzückt aus.

„Tosca, bitte beeil dich. Du bist wirklich ein Pinguin, dass dir diese Kälte gar nichts ausmacht!“, bettelte Luca.

Toscas Kopf sah durch die weiße Kunstfellmütze, die sie trug, wie eine große wandelnde Schneekugel aus. Außerdem hatte sie einen bunten Schal so oft um ihren Hals und ihr Gesicht geschlungen, dass er nur noch die Nase und die Augen frei ließ.

„Dabei hast du es doch sogar geschafft, die Mütze über deine dicken Haare zu ziehen“, erklang Toscas gedämpfte Stimme.

Als sie die Tür des Cafés öffneten, strömte ihnen eine wohlige Wärme entgegen. Burro wusste, dass die Häuser in Venedig für einen kalten Winter nicht taugten, also hatte er vorgesorgt und mehrere Heizlüfter in den beiden Etagen des Cafés aufgestellt.

„Der warme Kakao wird euch guttun, ihr solltet auch von dem Kuchen kosten, es lohnt sich“, riet ihnen Burro, während er drei Tassen und kleine Kuchen, die in der Form eines Sterns gebacken waren, abstellte.

„Schade, dass es ihn nur zu Weihnachten gibt, er schmeckt wirklich gut", versuchte Luca mit vollem Mund zu sagen. Dabei hinterließ er eine beachtliche Menge des süßen Gebäcks auf dem Tisch, das aus seinem Mund krümelte.

Tosca sah ihn kopfschüttelnd an.

„Vielleicht frieren ja die Kanäle zu. Dann kürzen wir die Wege ab und laufen auf Schlittschuhen. Papa hat erzählt, dass es schon einmal vorgekommen ist", überlegte sie.

„Ja, das stimmt, aber es ist eher unwahrscheinlich. Habt ihr eine Ahnung, was wir sonst in den Ferien machen könnten?", erwiderte Adrian.

„Wie wäre es, wenn wir deine Mutter einmal wieder an einem ihrer Mosaike besuchen würden? Das haben wir wirklich lange nicht gemacht", meinte Tosca.

„Ich werde sie nachher fragen", versprach Adrian.

Sie saßen noch eine Weile zusammen und schmiedeten Pläne für die bevorstehenden Ferien, bis Tosca sich wünschte, noch etwas durch die weihnachtlich geschmückten Gassen zu schlendern.

„Das überlasse ich dem verliebten Paar. Ich werde Nonnina beim Kochen helfen", antwortete Luca, der keine Lust hatte, wieder endlos durch die schneidende Kälte zu laufen.

Doch es lohnte sich, durch Venedig zu spazieren. Über die Kanäle waren lange Lichterketten gespannt, die sich im dunklen Wasser spiegelten. Auch die geschmückten Plätze und der Schnee sorgten dafür, dass es dem festlichen Eindruck, den die Stadt vermittelte, an nichts fehlte. Am meisten aber gefiel Tosca die riesige Tanne, die mit hunderten bunten Kugeln behängt in die Höhe strebte. Der berühmte Markusplatz lockte nun einmal mehr die Besucher an, die den prächtigen Weihnachtsbaum bewundern wollten.

„Tosca, ehrlich gesagt bin ich jetzt ziemlich durchgefroren. Ich hole dich morgen nach meiner Probe ab, dann gehen wir noch einmal hierher", gestand Adrian seiner Freundin schließlich.

Nachdem er Tosca zum Palast gebracht hatte, lief er so schnell er konnte zum Haus seiner Großeltern.

Nonnina häufte Adrian eine große Portion Spaghetti auf den Teller und freute sich über den Appetit ihres Enkels. Dann fiel Adrian ein, dass er seine Mutter auf den Besuch an ihrem Arbeitsplatz ansprechen wollte. Er sah erstaunt auf, denn Fiora lehnte sofort ab:

„Nein, im Moment passt das wirklich gar nicht. Ich habe gerade so viel zu tun, dass ich keine Zuschauer gebrauchen kann."

Adrian erinnerte sich nicht, dass Fiora jemals zuvor einen Besuch verhindert hätte. Im Gegenteil, sonst war sie es, die ihren Sohn regelmäßig aufforderte, die Mosaike anzusehen.

Als die Jungen in ihrem Zimmer waren, wunderte sich auch Luca:

„Seltsam, deine Frage schien Fiora richtig unangenehm zu sein. Arbeitet sie vielleicht gerade an einem besonders wertvollen Mosaik, sodass niemand davon wissen darf?“

„Das kann schon sein, aber die Mosaike sind im Grunde immer ziemlich wertvoll. Wahrscheinlich möchte Mama nur schnell fertig werden, damit sie zu Weihnachten ein paar freie Tage nehmen kann“, meinte Adrian.

Im Stillen aber dachte er, dass seine Mutter schon länger nicht so fröhlich und unbeschwert gewesen war, wie er es von ihr kannte. Irgendetwas schien sie zu bedrücken.

Giulio nahm seinen Sohn am Samstag nach dessen Probe mit zurück nach Hadria. Fiora blieb in Venedig, da sie tatsächlich weiterarbeiten musste. Als Adrian mit seinem Vater allein war, fragte er ihn über Fiora aus.

„Du musst dir wirklich keine Sorgen machen. Aber du siehst ja, wenn deine Mutter selbst am Wochenende arbeiten geht, dann hat sie eindeutig zu viel zu tun. Die zahlreichen Hochwasser in der letzten Zeit haben einigen Mosaiken so sehr zugesetzt, dass sie mit der Arbeit gar nicht hinterherkommt. Du weißt, wie wichtig Fiora die gemeinsame Zeit mit uns ist. Es wird sich bald wieder ändern, das hat sie mir versprochen“, beruhigte Giulio seinen Sohn. „Ich muss noch einmal nach dem Boot sehen. Kannst du in der Zwischenzeit etwas für uns zum Essen vorbereiten?“, bat er Adrian und lief auch schon aus dem Haus.

Adrian wurde das Gefühl nicht los, dass Giulio weiteren Fragen ausweichen wollte. Trotzdem versuchte er, seinem Vater zu glauben und sich keine Sorgen mehr zu machen.

Ende Januar lösten mildere Temperaturen endlich den harten Winter ab, sodass die Fahrten nach Venedig deutlich angenehmer wurden. Die Schule beanspruchte viel Zeit, da in allen Fächern die Prüfungen anstanden. Nachdem Luca und Adrian zusammen für eine Klassenarbeit gelernt hatten, blieb Luca zum Abendessen da.

„Was wünschst du dir zum Geburtstag?", erkundigte sich Fiora bei ihrem Sohn.

Adrian hatte schon darüber nachgedacht, und er wusste, dass in diesem Jahr sein Geburtstag auf den Beginn des Karnevals fiel.

„Ich würde sehr gern einmal zum Karneval gehen, er ist so berühmt und ich bin noch nie dabei gewesen", antwortete Adrian.

Der Junge bemerkte die finsteren Blicke seiner Eltern. Giulio mochte den Rummel nicht, das wusste er. Aber als gebürtige Venezianerin liebte Fiora den Karneval eigentlich.

„Das ist eine fantastische Idee, ich habe ihn mir schon angeschaut. Es ist beeindruckend, besonders der Flug des Engels und der findet in diesem Jahr genau an deinem Geburtstag statt", unterstützte Luca seinen Freund.

„Der Flug des Engels, was ist das?“, fragte Adrian nach.

„Das wirst du dann schon sehen, ich verrate nichts“, erwiderte Luca.

Beim Verabschieden sprach er Giulio noch einmal auf den Geburtstag an:

„Ihr werdet Adrian doch seinen Wunsch erfüllen?“

„Ja, natürlich, aber dann müssen wir auch den traditionellen schwarzen Umhang und eine Maske tragen, sonst ist es ja kein venezianischer Karneval“, entschied Giulio.

Luca zwinkerte Adrian zu und lief winkend davon.

Der Flug des Engels

Das Schönste an seinem Geburtstag war, dass Adrian in diesem Jahr ausschlafen konnte, denn wegen des Karnevals fiel der Unterricht aus. Obwohl er vor Aufregung früh aufwachte, blieb der Junge im Bett liegen und horchte gespannt auf die Geräusche, die in sein Zimmer drangen. Schließlich hielt Adrian es nicht mehr aus, er warf die Bettdecke zur Seite, zog sich schnell an und lief zum Fenster. Ein zu dieser Jahreszeit ungewöhnlich blauer Himmel spannte sich über die Lagune und die Sonnenstrahlen hinterließen glitzernde Streifen auf der ruhigen Wasseroberfläche. Es war das herrlichste Wetter, das man sich für seinen Geburtstag und den anstehenden Karnevalsbesuch nur wünschen konnte.

Endlich hörte er seine Eltern das Geburtstagslied anstimmen. Es war das Zeichen, dass er nun zum Tisch, auf dem die Geschenke lagen, laufen durfte. Fiora und Giulio schlossen ihren Sohn in die Arme und gratulierten ihm.

„Jetzt musst du aber zuerst die Kerzen auf deinem Geburtstagskuchen ausblasen. Ich bin gespannt, ob du es schaffen wirst", forderte ihn sein Vater auf.

Adrian holte tief Luft und teilte sich seinen Atem geschickt ein, sodass er ohne Mühe alle zwölf Flammen auf einmal löschte.

„Bravo, Adrian", rief Fiora und schloss ihn abermals in die Arme.

Schließlich folgte der schönste Teil des Morgens, denn nun begann das Geburtstagskind damit, die Geschenke, die hübsch verpackt um den Kuchen herum angeordnet waren, auszupacken.

Kurze Zeit später trafen Tosca und Luca ein, die zum gemeinsamen Frühstück eingeladen waren und hinterher mit zum Karneval nach Venedig fahren würden. Adrian zeigte Tosca das Buch aus dem Fuchsladen, das er sich so sehr gewünscht hatte.

„Ich wollte es dir auch kaufen, aber ich konnte es leider nicht bezahlen. Deine Eltern verrieten mir dann zum Glück, dass du es von ihnen bekommen würdest", gab Tosca ehrlich zu. „Dafür glaube ich, dass mein Geschenk sehr gut dazu passt", sagte sie und überreichte ein kleines, längliches Päckchen.

Adrian riss das Papier sofort auf und ein ganz gewöhnlicher Kugelschreiber, wie er in Venedig von den Touristen häufig gekauft wurde, kam zum Vorschein.

„Ich liebe diese Stifte“, erklärte Tosca und nahm ihn Adrian auch schon wieder aus der Hand. „Sieh einmal, wie hübsch es aussieht“, freute sie sich und schüttelte den Kugelschreiber.

In der durchsichtigen Hülle schwammen in einer zähen Flüssigkeit unzählig viele bunte Schnipsel, die sich wie ein Puzzle zusammenfügten. Das fertige Bild zeigte eine goldene Gondel, die auf dem Wasser schaukelte.

„Ich mag diese Stifte auch sehr gern und ich kann nun gleich mit dem Schreiben in meinem neuen Buch beginnen“, bedankte sich Adrian bei Tosca.

„Hier habe ich das schon für dich erledigt“, sagte Luca, während er ein Schreibheft, das nur mit einem Geschenkband verschlossen war, auf den Tisch legte. „Es sind ein paar deiner Lieblingsrezepte“, erklärte Luca seinem Freund.

„Hm, Spaghetti mit Pilzen und Sahnesoße“, schwärmte Adrian, der in dem Heft blätterte. „Das ist eine tolle Idee, vielen Dank. Aber ich hoffe, dass du noch ab und zu für mich kochen wirst“, fügte er schnell hinzu.

„Wir sollten uns jetzt für den Karneval umziehen, sonst verpassen wir noch den Flug des Engels“, forderte Giulio die anderen auf.

Fiora erhob sich und verließ seufzend das Zimmer.

„Was hat Mama denn?“, wunderte sich Adrian.

„Für Eltern ist das Erwachsenwerden ihrer Kinder gar nicht so einfach. Und nun bist du schon zwölf Jahre alt“, meinte Giulio und versuchte zu lächeln.

Dieses Mal nahm Adrian seinem Vater die Erklärung nicht ab. Da er sich aber seinen Geburtstag nicht verderben lassen wollte, versuchte er die unguten Gedanken abzuschütteln.

„Hier sind die Umhänge, die Masken sollten wir erst nach der Vorführung aufsetzen“, entschied Giulio.

Tosca verschwand im Badezimmer. Als sie wiederkam, musste selbst Fiora schmunzeln, denn das Mädchen hatte sich in einen Pinguin verwandelt.

„Luca, willst du dich nicht verkleiden?“, fragte Fiora.

„Doch, aber das geht schnell“, scherzte Luca und zeigte als einzige Kostümierung eine verknitterte Kochmütze, die er aus seiner Hosentasche gekramt hatte.

Schon vom Wasser aus konnte man die Geräusche des fröhlichen Treibens hören. Giulio steuerte das Boot zu dem Anleger, den er auch benutzte, wenn er seine Kundschaft auf dem Markt belieferte. Im Schlepptau hatten sie das kleine Ruderboot, mit dem die Jungen und Fiora später zurück nach Hadria fahren konnten. Giulio musste noch mit einigen Restaurantbesitzern die Bestellungen besprechen.

Nachdem sie beide Boote angebunden hatten, machten sie sich auf den Weg zum Markusplatz.

„Achtet darauf, dass wir alle zusammenbleiben, das ist wichtig bei diesen Menschenmassen“, schärfte ihnen Giulio ein.

Und es stimmte, auch wenn der Markusplatz immer vor Besuchern wimmelte, war es kein Vergleich zu heute.

Eingerahmt von Getränkeständen und Bühnen, auf denen Kunststücke vorgeführt wurden, drängten sich die Schaulustigen eng aneinander, um den berühmten Flug des Engels zu sehen.

„Die wird doch wohl nicht von dort hinabsegeln wollen?“, fragte Adrian, der durch das Fernglas sah, das Luca mitgenommen hatte.

Er zeigte auf eine Frau, die ein Kostüm trug, das aus einem schillernden Kleid und dazu passenden riesigen Engelsflügeln bestand.

„Genau das wird sie hoffentlich tun. Du musst dir aber keine Sorgen machen. Sie hängt an mehreren dicken Stahlseilen“, erklärte ihm Luca.

Adrian schüttelte ungläubig den Kopf und starrte weiter zum Glockenturm des Markusdoms, wo die Artistin auf einer kleinen Plattform auf ihren großen Auftritt wartete. Der Turm war das höchste Gebäude Venedigs und Adrian konnte sich nicht vorstellen, dass sich jemand freiwillig von dort hinabstürzen würde, selbst wenn die Person mit noch so vielen Seilen gesichert wäre.

Nachdem die Verankerung ein letztes Mal überprüft worden war, winkte der Engel dem Publikum zu und sprang vom sicheren Boden herab. Ein Raunen ging durch die Zuschauermenge, als die Artistin sich in einem offensichtlich viel zu schnellen Tempo auf den Boden zu bewegte. Einige hielten sich die Hände vor die Augen, da sie nicht mitansehen wollten, wie das Unglück seinen Lauf nahm. Doch schon in der nächsten Sekunde gab der Engel selbst Entwarnung, indem er nun langsam schwebend Wolken von Konfetti in die Luft streute. Nach zehn langen Minuten hatte es die mutige Flugkünstlerin endlich geschafft und landete sanft auf dem Boden des Platzes, empfangen von dem tosenden Applaus des Publikums.

„Puh, das ist wirklich spannend gewesen. Kommt, an dem Stand dahinten ist es gerade nicht so voll, ich spendiere euch allen ein Getränk!", lud Fiora die Kinder und ihren Mann ein.

Als jeder versorgt war, begutachteten sie die Verkleidungen, die an diesem Tag zur Schau getragen wurden. Die meisten der Feiernden liehen sich ihre Verkleidungen bei den zahlreichen Kostümschneidereien der Stadt aus. Allerdings konnten sich auch das nur wenige leisten, zumindest die aufwändigen, mit Perlen und glitzerndem Schmuck verzierten Prachtstücke waren für viele nicht erschwinglich. Die Touristen besuchten entweder ohne Verkleidung den Karneval oder ließen es sich nicht nehmen, sich mit den Einheimischen zu messen. Der Phantasie waren keine Grenzen gesetzt. Zwischen adligen Damen und Herren tummelten sich Meerjungfrauen, Piraten und Seepferdchen, und Tosca entdeckte einen geschneiderten Markusdom, der so breit und sperrig war, dass er Mühe hatte, voranzukommen. Luca gefiel natürlich am meisten eine mehrstöckige Torte, die sich seltsamerweise auf zwei Beinen fortbewegte.

Allmählich leerte sich der große Platz und der Festzug durch die Stadt begann. Tosca setzte sich ihre Kopfbedeckung auf.

„Worauf wartet ihr, ich jedenfalls will bei dem Festzug dabei sein“, drängte sie.

Giulio verteilte daraufhin die Masken und die Umhänge.

„Ich hoffe, dass dir die Maske nicht unangenehm ist“, sagte Fiora.

„Es macht mir nichts aus, Mama“, entgegnete Adrian.

Ihm passte nur die Maske, die mit den Zähnen gehalten werden musste, damit sie nicht vom Gesicht rutschte, deswegen sorgte sich seine Mutter. Die Masken von Fiora und Giulio ließen den Mund frei, die Sicht war aber aufgrund der engen Augenschlitze ziemlich eingeschränkt.

„Ich möchte euch noch einmal daran erinnern, dass wir uns auf keinen Fall verlieren dürfen“, ermahnte Giulio die Kinder.

„Ja, wir sind nicht die Einzigen, die mit diesen schwarzen Umhängen herumlaufen, also passt auf, dass es auch wirklich wir sind und nicht irgendwelche Fremden“, stellte Fiora dann noch stirnrunzelnd fest.

Endlich schlossen sie sich dem allgemeinen Strom an und die Kinder winkten den Schaulustigen fröhlich zu. Obwohl sich alle darum bemühten, zusammenzubleiben, merkten sie schnell, dass das gar nicht so einfach war. Adrian musste Tosca immer wieder antreiben. Vielleicht lag es an ihrem Kostüm, dass sie sich heute noch unbeholfener als sonst bewegte und häufig stolperte. Als sich schließlich der enorm große Markusdom näherte und sich zwischen die Kinder drängte, konnten sie es nicht verhindern, getrennt zu werden. Erleichtert sah Adrian, dass Luca, der weiter hinten im Zug war, da er immer wieder angehalten hatte, um sich das Angebot der Essensstände anzusehen, nun neben Tosca lief. Währenddessen hatte sich der Abstand zu seinen Eltern vergrößert. Auf einmal liefen dort, wo er Fiora und Giulio vermutete, mehrere Leute in schwarzen Umhängen, und Adrian wusste nicht, welche zu seinen Eltern gehörten. Er kam kaum vorwärts und die Gruppe entfernte sich immer mehr von ihm.

Auch Fiora und Giulio merkten, dass Adrian zurückblieb. Als sie stehenblieben, um auf ihn zu warten, wurden sie von zwei ebenfalls in Umhänge gehüllte Personen bedrängt.

„Wir warten nur auf unseren Sohn“, entschuldigte sich Fiora freundlich.

Da spürte sie einen starken Druck an ihrem Arm und wusste, dass sie jemand festhielt.

„Sei bloß still, hörst du, sonst wird es deinem Sohn schlecht ergehen!“, zischte eine Stimme in ihr Ohr.

Ein Blick zu Giulio zeigte Fiora sofort, dass auch er bedroht wurde. Sie hörte Giulios eindringliche und verzweifelte Stimme rufen: „Adrian, lauf, du weißt, wohin. Sil…!“

Die letzten Worte konnte Fiora nicht mehr verstehen, da sie unsanft aus der Menge herausgezerrt wurde. Keiner unternahm etwas, jeder dachte, das Spiel der Maskierten gehörte zum Karneval, und so freuten sich alle über die gelungene Schauspieleinlage.

Luca und Tosca hasteten auf die Terrasse eines Hauses.

„Hier haben wir einen guten Ausblick und können sehen, wo die anderen sind“, rief Luca und blickte durch das Fernglas.

„Hast du sie gefunden?“, wollte Tosca, die nun neben Luca stand, wissen.

„Da sind die drei, nein, warte, es sind sogar vier Leute. Ich glaube aber, dass Adrian der da ist, ich erkenne ihn an seiner Maske.“

Luca zeigte auf eine Person, die weiter hinten in der Menge auszumachen war.

„Es sieht fast so aus, als würden die vier Vorderen miteinander streiten“, wunderte sich Tosca.

„Ja, irgendetwas stimmt da nicht. Das gefällt mir gar nicht!“, sorgte sich Luca. „Da, das ist Giulio, er ruft Adrian etwas zu.“

Sie blickten sich an, beide dachten daran, dass Adrians Eltern eigentlich nicht zum Karneval hatten gehen wollen.

„Ich kann sie nicht mehr sehen, sie sind spurlos verschwunden“, rief Tosca, als sie wieder zum Festzug blickte.

„Und Adrian versucht, irgendwohin zu laufen, siehst du das? Komm, wir müssen ihm helfen", schrie Luca und zerrte das Mädchen hinter sich her.

So sehr den Kindern vorher der Rummel und die feiernde Menge gefallen hatten, so sehr störten sie nun die fröhliche Stimmung und die vielen Menschen, die sie daran hinderten, voranzukommen.

„Luca, lauf ohne mich weiter, dann bist du schneller!", keuchte Tosca und riss sich von ihm los.

Der zögerte nur einen Moment und nahm allein die Verfolgung auf. Zum Glück war Luca ein guter Läufer. Alle Muskeln in seinem Körper arbeiteten und er wandte seine ganze Konzentration auf, um sich einen Weg durch die Menge zu bahnen. Jetzt war er froh, dass ihn keine störende Verkleidung einengte. Luca wusste nicht, wie lange er schon gelaufen war, aber er gönnte sich keine Rast. Erst als ein kleines Kind direkt vor ihm stürzte, musste er anhalten und sich eingestehen, dass er seinen Freund verloren hatte. Verzweifelt verschnaufte er und überlegte, was er tun könnte. Schließlich schlug er den Weg zum Steg ein, an dem sie am Morgen das Ruderboot vertäut hatten. Schon von Weitem erkannte er Tosca an ihrem Pinguinkostüm. Als Luca beim Boot angekommen war, sah er, dass Tosca bitterlich weinte und Adrians Umhang in ihren Händen hielt.

„Das Boot ist weg und keine Spur von Adrian, ich habe solche Angst, Luca. Was bedeutet das alles?", schluchzte sie.

„Es wird alles gut werden. Bestimmt warten sie irgendwo auf uns“, versuchte Luca das Mädchen zu trösten.

Doch insgeheim glaubte er selbst nicht daran.

„Sind deine Eltern im Institut?“, erkundigte sich Luca.

„Ja, sie arbeiten heute trotz des Karnevals“, antwortete Tosca sofort.

„Dann lass uns zu ihnen gehen“, forderte der Junge sie auf.

Nachdem Luca von dem Vorfall berichtet hatte, eilte Felipe zum Telefon. Die Minuten, bis er wiederkam, erschienen den anderen wie eine Ewigkeit.

„Ich habe überall nachgefragt. Niemand hat sie gesehen. Auf dem Markt ist Giulio auch nicht gewesen. Wir müssen die Polizei einschalten“, meinte Toscas Vater.

„Bist du sicher, Felipe?“, fragte Antonella ihren Mann.

„Ja, die Schilderungen der Kinder klingen gar nicht gut. Es hilft nichts, da irgendetwas zu beschönigen“, entschied Felipe.

Die Polizei suchte ganz Venedig und Teile der Lagune nach den drei Vermissten ab. Bei Einbruch der Dunkelheit rief eine Polizistin Toscas Eltern an und erklärte, dass sie erst am nächsten Tag weitere Nachforschungen anstellen würden.

„Und dabei hat Adrian doch heute Geburtstag", wiederholte Tosca immer wieder.

Luca hatte sie noch nie so hilflos und unglücklich erlebt. Er wollte Tosca nicht allein lassen. Rosanna und Sergio, die entsetzt über das Geschehene waren, erlaubten ihm, bei ihr zu bleiben.

In dieser Nacht fanden die Kinder keinen Schlaf, sie dachten darüber nach, was mit Adrian und seinen Eltern geschehen sein konnte. Immer wieder hörte Luca Toscas verzweifeltes Schluchzen, was ihn zusätzlich zu dem plötzlichen Verschwinden seines besten Freundes betrübte. Er hoffte, dass sich am nächsten Morgen alles als ein böser Traum erweisen würde und er zusammen mit Tosca und Adrian zur Schule gehen könnte.

Die schwarze Fratze

Die Lagune lag wie ausgestorben vor ihm und auf dem ganzen Weg begegnete Adrian kein anderes Boot, da der Karneval alle in seinen Bann gezogen hatte. Durch die Augenschlitze erkannte er Kormorane, die ihm heute wie Totenwächter vorkamen, die seine Fahrt mit ihren schrillen Schreien begleiteten. Er spürte seinen schmerzenden Kiefer, der die Maske hielt, und schmeckte die salzigen Tränen, denen er freien Lauf ließ. Immer wieder hörte er die verzweifelten Rufe Giulios, der ihn zu retten versucht hatte. Zum ersten Mal in seinem Leben fühlte Adrian eine tiefe Leere in sich und eine eisige Kälte durchströmte seinen Körper. Seine Arme und Beine arbeiteten wie von selbst, und so schaffte er es, das Boot zu der Insel zu rudern, auf der die Mönche ihm Zuflucht gewähren würden.

Endlich sah der Junge die Umrisse des alten Klosters. Am Ufer angekommen, machte Adrian das Boot an einem geschützten Platz fest und versteckte sich unter einer Plane, die sein Vater im Boot zurückgelassen hatte. Erst nach Einbruch der Dunkelheit wagte er es, die Abdeckung, unter der er kaum Luft bekam, fortzuziehen, und betrat das Ufer. Adrian wusste nicht, ob er es noch schaffen würde, zum Kloster zu laufen, aber er zwang sich dazu, einen Fuß vor den anderen zu setzen, und erreichte einen Verschlag in der Klostermauer, den ihm Bruder Francesco einmal gezeigt hatte. Der Hohlraum in der Mauer war klein, sodass er kaum Platz für einen ausgewachsenen Menschen bot, doch Adrian kauerte sich zusammen und es gelang ihm, sich dort zu verstecken. Es war ihm gerade unmöglich, den Mönchen zu begegnen und ihnen von seinem Unglück zu berichten. Er musste sich ausruhen und wollte einfach nur weinen können, ohne dass ihn jemand dabei sah. Mit letzter Kraft zog Adrian die Tür hinter sich zu und sank in sich zusammen.

Am zweiten Abend nach der Flucht bewegte sich ein junger Mönch hastig auf das Kloster zu. Die Glocke rief bereits zum Gebet und er befürchtete, sich zu verspäten. Als er an dem Verschlag vorbeikam, bemerkte er, dass sich die Tür ein wenig geöffnet hatte. Der Mönch gehörte zu jenen Menschen, die es nicht ertrugen, wenn Dinge nicht an ihrem Platz lagen, die Klosterzelle schmutzig war oder das Gewand nicht richtig saß. So störte ihn natürlich auch die Tür, die offenstand, und er versuchte augenblicklich, sie zu verschließen. Doch irgendetwas schien von innen gegen das Holz zu drücken.

Wahrscheinlich hält ein Tier dort seinen Winterschlaf, dachte er im Stillen und sah nach.

Da blickte ihn eine tiefschwarze Fratze an, deren enge Augenschlitze und große Nase ihr ein furchteinflößendes Aussehen gaben. Spuren getrockneten Blutes waren am Hals darunter zu erkennen, der zu einem seltsam verbogenen, leblosen Körper gehörte. Der Mönch hielt sich die Hände vor den Mund, damit sein Schrei nicht über die Insel hallte, und voller Panik ergriff er die Flucht. Er hastete durch die Allee von Olivenbäumen, deren Schatten ihn heute zusätzlich ängstigten, bis er an die Klosterpforte pochte.

Bruder Francesco, der noch im Garten gewesen war, öffnete ihm. Nachdem er herausbekommen hatte, was dem jungen Mann widerfahren war, holte er Hilfe. Zusammen mit zwei anderen Mönchen lief Bruder Francesco zum Verschlag und erkannte trotz der Maske sofort, dass es Adrian war, der dort Unterschlupf gesucht hatte. Vorsichtig hoben sie den steifen Körper heraus und trugen ihn zum Kloster. Als Adrian endlich auf dem schmalen Bett der Klosterzelle lag, bedeckte die Maske immer noch sein Gesicht. Bruder Francesco ließ nach dem Arzt rufen und tätschelte beruhigend den Arm seines liebgewonnenen Freundes.

„Wir sollten ihm die Maske abnehmen“, sagte der Klosterarzt Bruder Davide, der kurz danach die Zelle betreten hatte.

Bruder Francesco versuchte sie behutsam von Adrians Gesicht zu ziehen.

„Er muss sich in sie verbissen haben, Davide“, stellte er verzweifelt fest.

Bruder Davide schaffte es, einen Finger unter die Maske zu schieben, und begann damit, das Kiefergelenk sanft zu massieren. Nach einiger Zeit gelang es den beiden Mönchen gemeinsam, die Maske vom Gesicht zu lösen.

„Der arme Junge“, bedauerte ihn Bruder Francesco sofort, als er das von Blut und Schweiß verschmierte Gesicht sah.

„Er hat so fest zugebissen, dass ihm die Ränder der Maske ins Fleisch geschnitten haben“, erwiderte Bruder Davide, während er Adrian untersuchte.

Schweißperlen traten aus den Poren des Jungen und ab und zu begann sein Körper so heftig zu zittern, dass Bruder Francesco hilfesuchend zu dem Arzt blickte.

„Sein junges Herz wird das Fieber verkraften. Aber das Erlebnis, das dazu geführt hat, wird für immer in seiner Seele verankert bleiben“, befürchtete Bruder Davide traurig.

Gleich nach dem schrecklichen Ereignis hatten Toscas Eltern Kontakt zu Bruder Francesco aufgenommen. Bis auf den Arzt wussten nur noch der Bibliotheksmönch und der Mönch, der die Backstube leitete, von der Entführung, denn mit ihnen war Bruder Francesco ebenfalls eng befreundet.

„Wir werden abwechselnd bei ihm Wache halten und ich versorge ihn mit dem Nötigsten", beruhigte Bruder Davide den unglücklichen Mönch.

„Gut, ich schreibe Lucas Eltern, damit sie Bescheid wissen, dass der Junge gerettet ist, sie werden es dann an Toscas Eltern weiterleiten. Danach löse ich dich ab", entschied Bruder Francesco und verließ die Klosterzelle.

Nachdem er den Brief geschrieben hatte, rief er den jungen Mönch zu sich, der immer noch ganz blass war.

„Bitte mach dich gleich auf den Weg und rudere nach Hadria. Den Brief hier gib den Wirtsleuten der Trattoria. Du darfst niemandem sonst den Brief überreichen und pass auf, dass dir keiner auf dem Weg dorthin folgt", schärfte ihm Bruder Francesco ein.

Der junge Mönch lief zum Boot. Als er das Tau lösen wollte, hielt er immer noch die Maske in seinen Händen, die ihm Bruder Francesco in der Zelle gegeben hatte. Er legte den grausigen Kopfschmuck auf den hölzernen Boden, so, dass er die Maske gerade noch fassen konnte. Nachdem er das Boot losgemacht hatte, fuhr er ein Stück hinaus, nahm die Maske wieder auf und schleuderte sie im hohen Bogen ins Wasser. Erleichtert, von der schrecklichen Fratze befreit zu sein, ruderte er nach Hadria und führte seinen Auftrag gewissenhaft aus.

Der verborgene Raum

Als der junge Mönch gegangen war, öffnete Sergio sofort den Brief und las ihn laut vor:

Liebe Rosanna, lieber Sergio,
Adrian ist in Sicherheit, er ist hier im Kloster. Er hat hohes Fieber und Verletzungen im Gesicht, aber er wird sich erholen, das versicherte mir der Arzt. Bitte nehmt Kontakt zu Signor Orlando auf und geht auch zu den anderen. Solange wir nicht wissen, warum man die Eltern des armen Jungen entführt hat und ihm dieses Leid zugefügt wurde, darf niemand außer seinen engsten Vertrauten Adrians Zufluchtsort erfahren. Informiert auf keinen Fall die Polizei! Wir treffen uns morgen nach Sonnenuntergang im Café, alles Weitere dort. Vernichtet den Brief!

Bis morgen -
Euer Bruder Francesco

„Ein Glück, dass der Junge lebt“, rief Rosanna erleichtert aus.

Die letzten Tage im Ungewissen waren schrecklich gewesen und Rosanna und Sergio hatten sich große Sorgen gemacht. Sie weckten Luca früh, um mit ihm gemeinsam zur Schule zu fahren. Als die drei zusammen mit Signor Orlando und Tosca im sonst leeren Klassenzimmer standen, berichteten sie sofort von Adrians Rettung. Tosca hätte vor Freude fast laut aufgeschrien, doch Luca legte ihr geistesgegenwärtig die Hand auf den Mund. Orlando Orlando merkte man ebenfalls an, wie sehr ihn die Nachricht beruhigte. Nachdem sie geklärt hatten, wer wen informieren würde, verabschiedeten sich Lucas Eltern.

„Wir sehen uns dann im Café", sagte Rosanna, während sie die Kinder umarmte.

Nach der Schule liefen Tosca und Luca zu Burro. Da sie mit ihm allein in der Küche standen, erzählten sie ihm alles und erkundigten sich, in welchem Raum sie sich ungestört treffen könnten.

„Kommt, helft mir bitte, ich muss ein paar neue Gläser holen", schwindelte er augenzwinkernd.

Sie stiegen die Treppe zur Empore hinauf. Burro steuerte auf den Tisch zu, an dem die Kinder bei ihren vielen Besuchen meistens saßen. Auf die Wand war eines der köstlichen Törtchen, die in dem Café angeboten wurden, riesengroß aufgemalt.

„Eines meiner Lieblingsbilder", scherzte der Konditor.

Er zog an einer Schlaufe, die farblich so in das Bild eingearbeitet war, dass man sie kaum sah.

Tosca und Luca beobachteten erstaunt, dass sich die Wandmalerei wie eine Tür öffnen ließ.

„Bitte sehr, nach euch!“, forderte Burro sie auf.

Der Raum dahinter entpuppte sich als prall gefüllte Rumpelkammer. Kartons stapelten sich bis zur Decke, Sonnenschirme lehnten an den Wänden und einige Stühle warteten in einer Ecke auf ihre Verwendung.

„Solltet ihr einmal einen Ferienjob brauchen, dann gäbe es hier einiges aufzuräumen“, überlegte Burro laut.

Tosca verzog das Gesicht und Luca dachte, dass er lieber in der Küche aushelfen würde. Ihnen blieb keine Zeit, sich weiter umzusehen, denn Burro verschwand in einem Schrank, der am Ende des Raumes stand.

„Wo bleibt ihr? Ich habe schließlich nicht den ganzen Tag Zeit!“, hörten sie ihn rufen.

Völlig überrascht kletterten die Kinder in den dunklen Innenraum. Die hintere Schrankwand war zur Seite geschoben und sie betraten zögerlich einen Raum.

„Nicht so schüchtern, immer hereinspaziert“, lockte sie Burro, sichtlich amüsiert.

Luca und Tosca fanden sich in einem Zimmer wieder, in dessen Mitte ein großer Tisch stand, umringt von einigen Stühlen.

„Es ist ein Spieltisch, oder?“, erkundigte sich Luca, der die Oberfläche aus Filz, die wie ein Spielbrett gemustert war, anschaute.

„Ja, genau", bestätigte Burro die Vermutung des Jungen, „aber verratet es bloß keinem", fügte er schnell hinzu.

„Warum denn nicht?", hakte Tosca nach.

Der Besitzer des Cafés errötete und erwiderte sofort: „Sucht ihr nun einen verborgenen Raum oder nicht?"

„Vielen Dank, es ist genau der richtige Ort für unser Treffen", mischte sich Luca ein, der ahnte, dass an dem Tisch verbotene Glücksspiele gespielt wurden.

„Aber ist es nicht zu auffällig, wenn wir alle durch die Tür in der Wand verschwinden?", sorgte sich Tosca.

„Das wäre es allerdings. Es gibt noch einen anderen Zugang, der lange nicht so bequem ist", erklärte Burro. „Luca, dort steht eine große Leiter, stell sie bitte genau hier auf", bat er den Jungen.

Die Kinder folgten Burros Blick und entdeckten über dessen Kopf ein Dachfenster. Der dicke Mann erklomm schwerfällig die Sprossen der Leiter und ächzte bei jedem Schritt. Luca befürchtete, dass Burro nicht durch das Fenster passen würde, und auch Tosca sah zweifelnd zu ihm hinauf. Aber Burro kannte offensichtlich sowohl die Maße seines Bauches als auch der Fensteröffnung ganz genau und zwängte sich geschickt durch die Luke.

„Das ist ja die Terrasse, auf der wir schon häufiger gesessen haben", stellte Tosca fest, nachdem sie ihm gefolgt waren.

Burro ging mit ihnen auf die andere Seite des Gebäudes. Von dort blickte man auf einen schmalen

Kanal, an dem sich die Rückseiten von Häusern aneinanderreihten. Eine Stahlleiter führte von einem kleinen Anleger hinauf auf die Terrasse.

„Nicht sehr komfortabel, aber genau das, was ihr sucht!", präsentierte Burro stolz den gut versteckten Weg in das verborgene Zimmer.

Am Abend war es endlich so weit, im Schutz der Dunkelheit fuhren die Boote zum Anleger. Alle hatten auf die sonst üblichen Laternen verzichtet und nur der Ruderschlag und das leise Plätschern des Wassers verrieten die Zusammenkunft. Der Kanal hüllte sich genauso in Schweigen wie die Personen im Boot. Selbst der Himmel war offensichtlich in das

Vorhaben eingeweiht, denn eine dichte Wolkendecke verhinderte, dass auch nur ein Stern oder der Mond etwas Licht spendete.

Nacheinander kletterten sie vorsichtig die Leiter hinauf und wurden von Tosca und Luca in Empfang genommen. Nur Adrians Großeltern und Bruder Francesco wählten den Weg durch das Café, da ihnen Burro die Leiter und die Dachluke nicht zumuten wollte. Er versperrte mit seinem ausladenden Körper und einem Tischtuch, das er umständlich vor sich ausbreitete, den Blick auf die Tür und verließ seinen Platz erst, nachdem alle dahinter verschwunden waren.

Die Anwesenden passten gerade so um den runden Tisch. Außer Adrians Großeltern, den Kindern und Bruder Francesco hatten sich Toscas und Lucas

Eltern, Orlando Orlando, Fioras Chef und Giulios bester Freund Marco eingefunden.

„Ich freue mich, euch zu sehen, allerdings wäre mir ein freudiger Anlass lieber“, eröffnete Bruder Francesco das Gespräch.

Ein lauter Schluchzer von Nonnina bestärkte die einleitenden Worte des Mönchs. Der berichtete zunächst davon, wie sie Adrian im Verschlag aufgefunden hatten und von dem hohen Fieber, das den Jungen plagte.

„Deswegen weiß ich noch nichts Genaues von seiner Flucht. Es ist sehr wichtig, dass keine Silbe von unserer Unterredung nach außen dringt. Niemand sonst darf erfahren, dass Adrian lebt und sich im Kloster aufhält“, betonte Bruder Francesco ausdrücklich.

„Aber warum denn nicht? Dann muss er also länger im Kloster bleiben?“, befürchtete Tosca, mit den Tränen kämpfend.

„Wir wissen nicht, warum und vor wem er geflohen ist, Tosca“, erklärte ihr Signor Orlando.

„Klar ist nur, dass ihr beobachtet habt, dass Giulio Adrian etwas zurief“, sagte Felipe und nahm seine Tochter in die Arme.

„Adrians Zufluchtsort sollte auf jeden Fall geheim bleiben, nur so können wir ihn schützen“, ließ der alte Mönch sich nicht erweichen.

„Aber ich muss ihn sehen“, flehte Tosca.

„Das geht vorerst nicht, er ist auch noch zu schwach. Verfasse ein paar Zeilen, ich werde sie ihm überbringen“, versprach Bruder Francesco dem unglücklichen Mädchen. „Ich komme nicht noch einmal nach Venedig. Habt ihr eine Idee, wie wir den Kontakt halten können? Wie ihr wisst, lesen in Venedig nicht nur die Empfänger ihre Post und im Kloster haben wir weder ein Telefon noch anderen technischen Firlefanz. Schließlich soll es ein Ort der Ruhe und Besinnung sein", meinte Bruder Francesco, während er sich, erschöpft von seinen langen Ausführungen, in den Stuhl zurücklehnte.

Marco, der Fischhändler, überlegte einen Moment. „Ich habe da einen Fisch im Angebot, der nicht nur ausgezeichnet schmeckt, sondern auch ein besonders großes Maul hat. Das Maul des Seeteufels ist wie geschaffen für geheime Botschaften. Freiwillig packt da keiner hinein, der Fisch sieht nicht gerade freundlich aus. Und die Post, die vom Kloster kommt, verstecke ich im Einwickelpapier. Dann kauft ihr auch immer alle bei mir euren Fisch ein", sagte er und schmunzelte.

„Das ist eine hervorragende Idee. Du übernimmst ab sofort ganz offiziell die Lieferung an unser Kloster. Wir Mönche essen schließlich sehr gern Fisch und irgendjemand muss Giulio vertreten", lobte Bruder Francesco den Vorschlag. „Das allerdings gerade ein Fisch, der den Teufel in seinem Namen trägt, ein Lieblingsgericht von Mönchen sein soll, das ist schon komisch", fügte er hinzu und zum ersten Mal an diesem Abend huschte ein Lächeln über das Gesicht des alten Mannes. „Leider hat der junge Mönch die Maske ganz in der Nähe unseres Klosters in die Lagune geworfen. Ich hoffe, dass sie schnell genug abtreibt", sorgte sich Bruder Francesco.

Die kleine Gruppe saß noch lange zusammen und überlegte, was man tun könnte, um Fiora und Giulio zu finden, und wie sie herausbekämen, warum Adrians Eltern entführt worden waren. Aber keiner konnte sich das Geschehene erklären und niemand wusste Rat. Einig waren sich alle, dass sie es zunächst der Polizei würden überlassen müssen, Nachforschungen anzustellen.

Luca blieb diese Nacht bei Tosca im Palast, denn sie war immer noch ziemlich durcheinander und Lucas Anwesenheit tat ihr gut. Am anderen Morgen gingen die Kinder zur Schule und selbst Tosca, die sonst ununterbrochen redete, lief schweigend neben Luca her. Sie vermissten ihren Freund sehr und konnten es kaum erwarten, ihn wiederzusehen. Orlando Orlando, der ihren Kummer bemerkte, lud sie in der Mittagspause in Burros Café ein. Burro leistete ihnen etwas Gesellschaft und tat sein Bestes, um seine Gäste mit einigen lustigen Geschichten aufzumuntern. Und es half wirklich, als sie am Nachmittag wieder in der Schule saßen, fühlten sich Luca und selbst Tosca deutlich besser und sie wussten, dass ihr Freund im Kloster gut aufgehoben war.

In aller Munde und ein lang ersehnter Brief

Seit dem geheimen Treffen war eine Woche vergangen. Der Alltag musste für alle weitergehen, auch wenn es besonders den Kindern schwerfiel, sich in der Schule zu konzentrieren. Luca blieb so oft wie möglich bei Tosca, aber natürlich konnte er nicht die ganze Zeit mit ihr verbringen. So begleitete Tosca den Jungen nach Schulschluss zu seinem Boot, mit dem er nach Hause rudern würde.

„Was ist denn da los?“, rief Luca plötzlich und deutete auf eine Menschenansammlung, die sich am Kanalufer gebildet hatte.

„Wahrscheinlich ist jemand beim Aussteigen aus der Gondel ins Wasser gefallen, das kommt ja häufiger vor“, vermutete Tosca.

„Wir werden es gleich wissen, denn leider müssen wir da mitten durch“, erwiderte Luca.

Gemeinsam versuchten sie sich einen Weg durch die Menge zu bahnen. Als sie es fast geschafft hatten, schrie Tosca, kreidebleich im Gesicht, leise auf. Auch Luca sah den Polizisten, der mit der einen Hand eine Maske in die Höhe hielt und mit der anderen die Schaulustigen zur Seite schob. Die Kinder erkannten sofort, dass es dieselbe Maske war, die Adrian beim Karneval getragen hatte. Als sich eine alte Frau mit ihrem Taschentuch die Augen wischte und schluchzend feststellte: „Der arme Junge, er ist doch noch ein Kind gewesen“, hielt es Tosca nicht mehr aus.

Sie riss sich von Luca los, stieß die Leute weg und erreichte so das Ufer. Doch außer einem jungen Mann, der bereitwillig erzählte, wie er die Maske aus der Lagune gefischt hatte, war dort nichts zu sehen. Luca, der es endlich geschafft hatte, Tosca einzuholen, nahm sie an die Hand und zog das Mädchen hinter die nächste Ecke. Erst als sie ein ganzes Stück entfernt waren, stellte er Tosca zur Rede.

„Was sollte das? Du weißt doch, dass er in Sicherheit ist", schimpfte Luca, nachdem er sich vergewissert hatte, dass niemand in ihrer Nähe stand.

„Ja, das stimmt!", gab Tosca kleinlaut zu, „aber als ich die Maske gesehen habe und die Worte der alten Frau hörte, hatte ich auf einmal fürchterliche Angst. Alles in meinem Kopf ging durcheinander und ich dachte, dass Adrian vorne am Ufer liegen würde. Ich war mir sicher, dass er ertrunken wäre", erklärte sie und fiel weinend in Lucas Arme.

„Ich kann dich ja verstehen. Aber wir beide wissen, dass es zum Glück nicht wahr ist", tröstete er Tosca. „Ich habe noch ein bisschen Zeit und außerdem brauche ich jetzt unbedingt etwas zu essen. Lass uns zu Burro gehen", schlug Luca vor.

Tosca willigte sofort ein, froh, dass Luca sie nach diesem Schreck nicht gleich allein lassen würde.

Später erfuhren die Kinder, dass der Fischer mit der Polizei zu der Stelle gefahren war, an der er die Maske gefunden hatte. Taucher suchten die Lagune noch einmal gründlich ab, aber natürlich ohne jeden

Erfolg. Die Kommissarin kam zu dem Schluss, dass Adrian ins Wasser gestürzt und aufs offene Meer getrieben worden war, und stellte daraufhin alle Nachforschungen ein.

Venedig hatte nicht umsonst den Ruf, dass dort nichts im Verborgenen blieb. Wie das Wasser in den Kanälen erreichten die Neuigkeiten jeden Winkel der Stadt. Es hatte sich schnell herumgesprochen, dass die Polizei davon ausging, dass Adrian auf der Flucht ertrunken sei. Eine bessere Nachricht konnte es nicht geben, denn nun hielt ganz Venedig Adrian für tot und auch die Entführer von Fiora und Giulio würden das glauben.

Allmählich erholte sich Adrian und verließ regelmäßig die enge Klosterzelle, um Spaziergänge durch die weitläufigen Gärten zu unternehmen. Ab und an leistete ihm Bruder Francesco dabei Gesellschaft. Er hoffte, endlich mehr über die Entführung und Adrians Flucht zu erfahren, aber aus dem Mund seines Schützlings drang nicht eine Silbe. Die Fragen des alten Mönchs beantwortete er selten und ausschließlich mit einem Nicken oder einem Kopfschütteln. Bruder Francesco erklärte sich Adrians Verhalten damit, dass dieser immer noch unter dem Geschehenen litt, und ging sehr behutsam mit ihm um. Eines Abends traf sich Bruder Francesco mit Bruder Davide.

„Der Junge hat bisher noch kein einziges Wort gesprochen, das macht mir große Sorgen“, gestand er seinem Freund.

„Du musst Geduld haben. Es kommt vor, dass Menschen, die einen Schock erlitten haben, ihre Sprache verlieren. Es können Jahre vergehen, bis sie wieder anfangen zu sprechen, manchmal verstummen sie auch für immer. Wir sollten Adrian nicht drängen, das würde ihn nur unter Druck setzen", meinte der Arzt.

Bruder Francesco bemerkte auch, dass Toscas Briefe ungeöffnet auf dem Tisch in der Klosterzelle lagen. Ihm tat das Mädchen leid, also gab er Marco bei der nächsten Gelegenheit eine Nachricht für Tosca mit. Darin bat er sie, ihrem Freund etwas Zeit zu lassen, bis er ihr sicherlich antworten würde. Davon, dass Adrian nicht mehr sprach, erzählte er ihr nichts. Er wollte es Tosca lieber persönlich sagen.

Ein herrlich sonniger Tag kündigte den nahenden Frühling an, also eilte Bruder Francesco zu Adrian, um mit ihm zusammen die ersten wärmenden Sonnenstrahlen zu genießen. Aber die Klosterzelle war leer. Bruder Francesco suchte das gesamte Kloster nach dem Jungen ab. Als er ihn dort nicht finden konnte, lief er zu einem Aussichtspunkt, der den Blick auf die Lagune freigab. Der Mönch wusste, dass Adrian diesen Platz liebte und der Junge dort häufig stand und stundenlang auf das Wasser blickte. Aber auch hier hatte er kein Glück. Nachdem der alte Mann die Gärten abgegangen war, setzte er sich erschöpft auf eine Bank, die vor einem Stall stand, in dem einst Tiere untergebracht waren. Die Mauern hatten schon sehr gelitten und zeigten große Lücken, auch das Dach war halb abgedeckt. Trotzdem brachte es keiner übers Herz, den Stall abzureißen, denn die Natur hatte ihn eingenommen und im Sommer blühte eine die Ruine umrankende Rose in einem wunderschönen, kräftigen Rot. Also wurde das Gebäude als Abstellraum für ein paar Arbeitsgeräte genutzt.

Auf einmal hörte Bruder Francesco Geräusche und eine Minute später trat Adrian ins Freie und nickte zur Begrüßung. Es dauerte etwas, bis er begreiflich machen konnte, dass er in dem Stall geschlafen hatte. Adrian zeigte auf den Himmel und deutete dann auf den Eingang, der durch keine Tür mehr verschlossen war. Da vermutete der Mönch, dass Adrian, seit seinem beengten Versteck im Verschlag, wohl ungern in geschlossenen Räumen übernachtete. Gemeinsam bereiteten sie ihm ein Bett und richteten den Stall dürftig ein, obwohl Bruder Francesco sich Sorgen wegen der vielen Lücken und des unvollständigen Daches machte. Es stellte sich jedoch schon bald heraus, dass Adrian tatsächlich deutlich besser zur Ruhe kam, also ließ der Mönch ihn gewähren. Er freute sich, dass Adrian nun schnell ganz bei Kräften war und ihm bei der Arbeit zur Hand gehen konnte.

Als Adrian wieder einen der zahlreichen Briefe von Tosca erhielt, öffnete er ihn und sah, dass an manchen Stellen die Tinte verlaufen war. Er ahnte, dass Tosca beim Schreiben geweint hatte. Selbst Luca, der fast nie Briefe schrieb, versteckte eine Nachricht im Maul des Seeteufels:

Adrian, wenn es geht, antworte Tosca bitte. Sie ist ganz unglücklich und sehnt sich so sehr nach dir, bat er seinen Freund eindringlich.

Also schrieb Adrian zwei Briefe, einen an Tosca und einen weiteren an Luca. Er schlug ihnen ein Treffen in Giulios Fischerhütte vor, am Freitagabend, nach Einbruch der Dunkelheit. Nachdem er die Briefe Marco mitgegeben hatte, merkte er, wie sehr er sich auf die beiden freute, und war glücklich, sie nach dieser langen Zeit endlich wiederzusehen.

Der Duft nach Vanille

Am Freitagmittag begleitete Tosca Luca nach Hadria. Schon in der Schule war sie unaufhörlich auf ihrem Stuhl hin und her gerutscht, sodass sie sogar der sonst geduldige Signor Orlando ermahnte. Also versuchte Luca, Tosca durch alle möglichen Arbeiten abzulenken. Sie versorgten zusammen die Tiere, gruben im Garten die Beete um und Luca erlaubte es Tosca, dass sie ihm beim Kochen zur Hand ging. Aber es half alles nichts und als Tosca zum dritten Mal den Rührlöffel in der heißen Suppe versenkt hatte, gab Luca auf und sagte:

„Setz dich und warte, bis ich mit dem Kochen fertig bin!“

Nach dem Essen, von dem Tosca kaum etwas hinunterbekommen hatte, wollte sie unbedingt zu Adrians Elternhaus laufen, um sich ihrem Freund schon jetzt ein wenig näher zu fühlen.

„Nein, wir werden nicht dort hingehen!“, entschied Luca. „Erstens glaube ich, dass es dich nur traurig machen würde, und außerdem müssen wir vorsichtig sein, vielleicht werden auch wir beobachtet. Obwohl wir erst im Dunkeln zur Hütte fahren, sollten wir keine Aufmerksamkeit auf uns lenken.“

Dagegen konnte Tosca nichts einwenden, und sie hoffte, dass der Sonnenuntergang nicht zu lange auf sich warten ließe.

Erst als die Dämmerung vollständig in die Nacht übergegangen war, die heute nur von den spärlichen Lichtern der Fischerboote durchbrochen wurde, brachen sie endlich auf. Ihre Eltern hatten ihnen wieder und wieder eingeschärft, dass sie bei den ersten Anzeichen von Gefahr umkehren sollten.

„Seid bitte zur abgesprochenen Zeit wieder da, sonst fährt Sergio hinaus und holt euch“, ermahnte Rosanna die beiden, bevor sie ablegten.

Tosca saß, ihre Mütze weit über die Ohren gezogen, fröstelnd auf der Bank. Nicht nur sanken die Temperaturen abends immer noch stark ab, sie war auch bisher nie ohne ihre Eltern bei Nacht auf der Lagune unterwegs gewesen und es fühlte sich schon aus diesem Grund unheimlich an. Sie freute sich sehr auf das Wiedersehen und doch fürchtete sich Tosca etwas davor, denn sie wusste nicht, wie verändert sie ihren Freund antreffen würde. Nur dass Adrian nicht mehr sprach, hatte ihr Bruder Francesco bereits erzählt.

Adrian hatte den Mönch ebenfalls davon überzeugen müssen, dass er zur Fischerhütte fahren durfte. Dem alten Mann war zwar nicht wohl bei dem Gedanken, jedoch verstand er, dass der Junge Tosca und Luca wiedersehen wollte, und außerdem glaubte er, dass es ihm guttun würde, die Insel einmal verlassen zu können.

Zum ersten Mal seit seiner Ankunft im Kloster atmete Adrian die Seeluft ein, die sich nur auf dem Wasser so klar und erfrischend anfühlte. Er genoss die feuchte und kühlende Gischt, die sein Gesicht benetzte, und ruderte das Boot sicher durch die Nacht, obwohl er auf jegliche Beleuchtung in seinem Boot verzichtet hatte. Trotzdem stand sein ganzer Körper unter Spannung, denn seit seiner Flucht ließ ihn das leiseste Geräusch aufhorchen. Adrian erreichte wohlbehalten die Hütte seines Vaters. Er war froh, dass Luca und Tosca noch nicht angekommen waren. So hatte er Zeit mit den Gefühlen, die ihn durchströmten, allein zu sein.

Giulios Arbeitskleidung hing, als wartete sie auf ihren nächsten Einsatz, an einem Haken. Auf dem Tisch stand ein halb gefüllter Becher, und eine Blüte, die Giulio wohl für Fiora vorsorglich gepflückt hatte, lag verwelkt daneben. Adrian spürte, wie ihm die Tränen in die Augen schossen. Wo seine Eltern jetzt wohl waren? Und würde Giulio seiner geliebten Fiora trotz allem eine Blüte ins Haar stecken können? Adrian tastete die Tätowierung an seinem Körper ab. Er dachte an den sternenklaren Abend, an dem Giulio und er zusammengesessen und über die Lagune geschaut hatten und an ihren Einfall, sich die Blüten stechen zu lassen. Fiora war damals gar nicht begeistert gewesen und hatte mit seinem Vater und ihm wegen ihrer törichten Idee geschimpft.

Das alles schien Adrian nun so fern und unwirklich zu sein, dass er zusammenfuhr, als er leise Stimmen hörte. Im nächsten Moment stand Tosca vor ihm, dicht gefolgt von Luca. Sie atmete erleichtert auf und ließ sich in Adrians Arme fallen.

„Ich bin so froh, dass es dir gutgeht", wiederholte Tosca immerfort.

Adrian umschloss sie fest und sofort nahm er den für Tosca typischen Duft nach Vanille wahr. Er hatte sich nie erklären können, woher er stammte, aber er liebte es, sich in das Haar des Mädchens zu versenken und das zarte Aroma einzusaugen.

„Du bist der einzige Pinguin, der nach Vanille duftet", hatte er Tosca schon häufig geneckt.

Schließlich schob er sie sanft von sich, um auch seinen Freund zu begrüßen, der geduldig gewartet hatte.

„Es ist schön, dich zu sehen", sagte Luca und drückte Adrian an sich.

Luca, der alles im Leben mit einer für ihn eigenen Leichtigkeit nahm, schaffte es auch jetzt, die besondere Stimmung umzulenken. Er zeigte auf einen bis zum Rand gefüllten Korb, breitete ein Tuch aus und begann den Tisch zu decken.

„Ich glaube, dass eine Stärkung jetzt genau das Richtige ist, und ich habe versucht, alles mitzubringen, was du besonders gern isst", präsentierte er stolz die Speisen.

Tatsächlich befreite sie das gemeinsame Essen von der Anspannung der vergangenen Stunden. Abwechselnd erzählten Tosca und Luca von ihren Erlebnissen. Adrian entging nicht, dass sie es vermieden, eine Pause entstehen zu lassen, in der seine Sprachlosigkeit eine unheimliche Stille hervorrufen würde. Luca schilderte gerade, wie sie einem unbeliebten Lehrer, der gern einzelne Kinder vor der gesamten Klasse lächerlich machte, übel mitgespielt hatten.

„Du kannst dir vorstellen, wie peinlich es ihm gewesen ist, dass ein höllischer Gestank von ihm ausging. Wir haben das ganze Pult gründlich mit Knoblauch eingerieben und er hatte keine Ahnung, woher der üble Geruch kam! Schließlich beschwert er sich doch jedes Mal über mich, wenn ich am Abend vorher wieder reichlich Knoblauchzehen in das Essen gemischt habe", freute sich Luca jetzt noch über den gelungenen Streich.

Tosca sah Adrian verwundert an, als sie bemerkte, wie sein ganzer Körper vor Lachen mitschwang und seine Augen zu glänzen begannen.

„Und wie ist es im Kloster? Wo schläfst du? Hilfst du Bruder Francesco manchmal? Sind die Mönche auch nett zu dir?“, sprudelte es nun aus Tosca heraus, ohne zu wissen, wie Adrian antworten könnte.

Und dann begann Adrian seine Erzählung. Er schaffte es mit einer Mischung aus Gesten und Gesichtsausdrücken ausführlich zu berichten, was er seit seiner Flucht erlebt hatte. Nur wenige Male deuteten Luca und Tosca seine Vorführungen falsch. Adrians Talent zu schauspielern, das auch Signor Orlando bei ihm schon oft gelobt hatte, half ihm natürlich. Tosca spürte, wie die eleganten Bewegungen, die Adrian mit seinem Körper ausführte, in ihr ein Gefühl auslösten, das ihre Liebe zu ihm nur noch größer werden ließ. Nie zuvor hatte sie erlebt, dass jemand auf diese Weise so wunderschön Geschichten erzählen konnte.

Als Adrian am Ende angelangt war, passierte es, dass er beim Hinsetzen mit seinem Arm die Blüte streifte und diese vom Tisch fiel. Die drei sahen dabei zu und hatten denselben Gedanken. Luca hob die Blüte auf und legte sie vorsichtig auf den Tisch zurück. Im nächsten Moment kramte er einen Stapel Bücher hervor und türmte sie vor seinem Freund auf: „Wir sollen dich auch von Orlando Orlando grüßen. Wie du siehst, denkt er an dich. Er möchte, dass du nichts versäumst, wir werden dich also regelmäßig mit neuen Aufgaben versorgen“, versuchte Luca von der Blüte abzulenken.

Adrian war froh, dass er etwas zu tun bekam, und er musste schmunzeln, als Luca erzählte, dass sich Signor Orlando gesorgt habe, wer die Mathematikaufgaben überprüfen könnte. Luca und Tosca mussten ihm wohl versichern, dass sie ihm dabei helfen würden.

Schließlich wurde es Zeit, sich zu verabschieden. Die Kinder spürten, wie sehr ihnen das Wiedersehen gutgetan hatte, und sie verabredeten sich für die nächste Woche zur gleichen Zeit am selben Ort.

„Und bring die fertigen Aufgaben mit“, meinte Luca grinsend, bevor er die Treppe zum Boot hinabstieg.

Adrian wartete ein paar Minuten, dann packte er die Papierbögen und Bücher zusammen, ließ einen letzten Blick durch die Hütte schweifen und machte sich ebenfalls auf den Weg.

Unter Mönchen und ein Entschluss

Seit über zwei Monaten lebte Adrian nun bereits im Kloster, zu den meisten Mönchen hatte er wenig Kontakt, nur den Bibliothekar und einen anderen Mönch, der als Schmied arbeitete, besuchte er regelmäßig. Der Schmied übte mit einer wohltuenden Ruhe seine Arbeit aus und redete nur das Nötigste. Adrian genoss diese Zeit, wenn er auf einem Hocker sitzend verfolgen konnte, wie unter den geübten Hammerschlägen des Mönchs das Metall Gestalt annahm.

Der Bibliothekar war Francescos Freund und Adrian teilte schon bald mit den beiden Männern die

Liebe zu Büchern. Hier im Kloster entdeckte er, dass die wunderschön bebilderten Geschichten ihn seine Erlebnisse zumindest für eine Zeit vergessen ließen. Die Bibliothek war fantastisch. In riesigen Sälen, deren majestätischer Eindruck durch die gewölbten Decken verstärkt wurde, reihten sich in unendlichen Regalen die Bücher aneinander. In fast allen Sprachen wurden hier Zeugnisse der Geschichte bewahrt. Die Sammlung suchte auf der Welt ihresgleichen und war von unermesslichem Wert. Bei weniger kostbaren Büchern erlaubte es der Bibliothekar, dass Adrian sie mit hinausnahm, um an einen Baum gelehnt oder auf einer Bank im Garten sitzend zu lesen.

Adrian verbrachte auch sonst viel Zeit in den parkähnlichen Außenanlagen. Der Frühling war in vollem Gang und überall zogen das junge Grün und die zarten Farben erster Blüten die Aufmerksamkeit auf sich. Meistens ging Adrian zu seinem Lieblingsplatz, dem Hügel. Hier dachte der Junge an seine Eltern, an Tosca und an Luca und versuchte sich vorzustellen, wie sie ebenfalls am Wasser standen und zu ihm hinübersahen. Manchmal drangen in diesen Momenten die fernen Gesänge der Mönche zu ihm, die sich in der Kapelle zum Gebet versammelt hatten.

Als Adrian heute über das Wasser blickte, flogen Flamingos über ihn hinweg. Er erinnerte sich, wie er einst zusammen mit seinem Vater die kreisenden Vögel beobachtet hatte. Der Augenblick hatte sich wie ein Bild in ihm eingeprägt: ein strahlend blauer Frühlingstag, das sanfte Schaukeln des Bootes, im Hintergrund die schneebedeckten Alpen und am Himmel die rosafarbenen Vögel, die ihre weiten Schwingen ausbreiteten.

Als die Kinder sich wieder in der Fischerhütte trafen, freute sich Tosca darüber, dass Adrian ausgeruhter als beim letzten Mal wirkte. Zwar ging von ihm eine stille Traurigkeit aus, aber das konnte sie gut verstehen, er lebte schließlich in der Verbannung, ohne irgendein Lebenszeichen seiner Eltern. Trotzdem hatten Luca und Tosca sich vorgenommen, nun mit Adrian über das Vergangene zu reden.

„Die Polizei ist gestern wieder bei Toscas Eltern gewesen, sie haben noch keine Hinweise, wo sich deine Eltern aufhalten könnten“, begann Luca zaghaft. „Sie wollten wissen, ob uns irgendetwas eingefallen ist. Was hat dir eigentlich Giulio zugerufen?“, erkundigte er sich.

Adrian zeigte abwechselnd auf seine Füße und dann auf die silbernen Ohrringe, die an Toscas Ohren baumelten.

„Füße, Ohrringe … ich verstehe gar nichts“, gab sein Freund zu.

Nun begann Adrian zu zeichnen: Das Kloster, den Eingang zur Kapelle und ein Paar Schuhe, das auf einer kleinen Bank abgestellt war. Wie immer versuchten Tosca und Luca alles zu entschlüsseln. Es war wie ein Spiel zwischen ihnen und sie wären nicht darauf gekommen, dass Adrian einfach die Nachrichten hätte aufschreiben können. Tosca und Luca unterhielten sich mit ihrem Freund nie anders als in einer Mischung aus Adrians Schauspiel und wenn es gar nicht anders ging, mithilfe von Zeichnungen. Diese gemeinsame Sprache verband die drei noch enger miteinander, nur Bruder Francesco verständigte sich auf dieselbe Weise mit Adrian.

„Ach, du meinst die silbernen Pantoffeln des Abts, die uns Bruder Francesco einmal gezeigt hat. Das ist sehr schlau von deinem Vater gewesen, nur du konntest erraten, was damit gemeint war. Er war sich sicher, dass du im Kloster Schutz finden würdest, und niemand sonst wusste, was es mit den silbernen Schuhen auf sich hatte“, rief Tosca begeistert aus. „Wenn wir nur die leiseste Ahnung hätten, warum deine Eltern entführt wurden. Ich begreife es nicht, sie haben doch keiner Fliege etwas zuleide getan?“, überlegte sie laut.

„Deine Mutter, die sonst fast immer fröhlich war, wirkte allerdings in der letzten Zeit angespannt, wir durften sie auch nicht mehr besuchen, weil sie angeblich so viel zu tun hatte“, erinnerte sich Luca.

Adrian nickte, ihm war die Veränderung Fioras natürlich auch aufgefallen.

„Und noch etwas: die Reaktion auf deinen Geburtstagswunsch. Deine Eltern hatten Angst, sie ahnten irgendetwas. Aus diesem Grund wollten sie eigentlich nicht zum Karneval gehen, und ihr habt die Umhänge und Masken getragen, damit euch auch wirklich keiner erkennt“, ereiferte sich Luca.

Wieder nickte Adrian zur Bestätigung.

„Wir sollten eigene Untersuchungen anstellen, vielleicht finden wir mehr heraus als die Polizei, was haltet ihr davon?“, meinte Luca auf einmal.

Als Tosca sah, dass ein Hoffnungsschimmer in Adrians Augen aufblitzte, sagte sie sofort:

„Das ist eine tolle Idee. Wir müssen aber die anderen einweihen und wir sollten sehr vorsichtig sein, um Adrian und seine Eltern nicht zusätzlich zu gefährden.“

„Mir ist nur nicht klar, wie wir es anstellen können“, warf sie nach einiger Zeit betrübt ein. „Es gibt überhaupt keine Anhaltspunkte oder Hinweise.“

Der Tatendrang der Kinder bekam sofort einen Dämpfer, bis Adrian seine Hände zum Kopf führte und ihn zu massieren begann.

„Du meinst, dass wir darüber nachdenken sollten und uns vielleicht doch noch etwas einfallen wird?“, deutete Tosca Adrians Bewegungen.

„Du hast recht, vorerst können wir wohl nichts anderes tun. Also treffen wir uns genau in einer Woche wieder, wie immer in der Hütte. Dann tauschen wir uns aus“, entschied Luca.

Nun schüttelte Adrian den Kopf.

„Wir treffen uns nicht noch einmal?“, fragte Luca erstaunt nach.

Wieder nahm Adrian ein Blatt zu Hilfe und zeichnete die Umrisse einer Insel auf. Schlangen suchten sich zwischen verstreut umherliegenden Knochen in den Ruinen eines Klosters ihren Weg. Am oberen Rand vervollständigte eine große Sonne das Bild.

„Was soll das bedeuten?“, murmelte Tosca. „Ach, jetzt verstehe ich es, wir treffen uns auf der Knocheninsel. Aber warum am Tag, ist das nicht zu gefährlich?“

Luca nickte. „Es ist sicher gut, den Ort zu wechseln, und dorthin wird uns auch tagsüber niemand folgen. Aber meinst du nicht, dass dich jemand auf dem Weg sehen könnte?“

Adrian tippte sich an den Kopf, um zu zeigen, dass er dafür eine Lösung gefunden hatte, doch auch auf ihr Bitten hin verriet er Tosca und Luca nichts.

„Also gut, wir fahren gleich nach Schulschluss los, sei bitte vorsichtig!“, stimmte Luca dem Vorschlag zu.

„Bevor wir es vergessen, diesen Stapel hat uns Orlando gegeben, du siehst, wie sehr er an dich denkt“, sagte Tosca.

„Er erwartet, dass du alle Aufgaben bis zu unserem nächsten Treffen bearbeitest. Warum sollst du dich im Kloster ausruhen können, während unsere Köpfe vom Lernen schon rauchen“, stellte Luca lachend fest.

Heute trennten sie sich mit dem Gefühl, doch etwas tun zu können und nicht einfach nur abwarten zu müssen. So fuhren die Kinder guter Dinge und glücklich in ihren Booten davon.

Die versalzene Ostertorte

Gleich am Montag verabredeten sich Tosca und Luca mit Orlando Orlando im Café. Sie trafen sich im geheimen Raum, da sie sicher sein wollten, dass niemand ihr Gespräch belauschen würde. Tosca konnte es gar nicht abwarten, Orlando in ihren Plan einzuweihen. Die Neuigkeiten sprudelten nur so aus ihr heraus, und erst als sie den zweifelnden Blick ihres Lehrers sah, hielt sie inne.

„Ich weiß nicht so recht. Immerhin haben wir es mit Verbrechern zu tun, die nicht davor zurückschrecken, Menschen zu entführen“, sorgte sich Orlando. Nachdem er einen Moment nachgedacht hatte, wandte er sich wieder an die Kinder: „Habt ihr mit euren Eltern darüber geredet?“

„Natürlich“, versicherte Luca sofort, „sie sind auch nicht gerade begeistert gewesen. Wir mussten ihnen versprechen, dass wir nichts unternehmen, ohne sie vorher in alles einzuweihen.“

Orlando Orlando schwieg eine Weile.

„Gut, ihr unterrichtet eure Eltern und mich über jeden eurer Schritte, ich werde die Neuigkeiten an Burro weitergeben, der sagt es Marco, denn die beiden sehen sich täglich. Marco kann alles Adrians Großvater erzählen und der geht zum Fabrikbesitzer. Adrian berichtet natürlich Bruder Francesco von euren Plänen“, ergriff er schließlich wieder das Wort.

Luca musste schmunzeln, denn Orlando hatte offensichtlich Feuer gefangen.

„Es sind die normalen Wege und Treffen, also wird keinem etwas auffallen. Aber es ist wichtig, dass wir immer wissen, was ihr tut, damit alle Eingeweihten sofort handeln können, falls irgendetwas schiefläuft!"

Signor Orlando musterte die Kinder und vergewisserte sich, dass sie seine Worte ernst nahmen.

„Wie wollt ihr denn vorgehen?", erkundigte er sich nach einer kurzen Verschnaufpause.

„Bisher können wir nur die Augen offenhalten und über das Geschehene immer wieder nachdenken, viel ist das nicht", gab Luca zu.

Abwechselnd erzählten die Kinder, was sie mit Adrian besprochen hatten, und verließen danach mit Orlando Orlando den geheimen Raum.

Zusammen setzten sie sich an ihren Lieblingsplatz. Mit einem Seufzer der Erleichterung lehnte sich Tosca in den Stuhl zurück. Sie hatte nicht damit gerechnet, dass die Erwachsenen ihren Plan unterstützen würden. Da störte plötzlich eine unangenehm laute Stimme die fröhliche Geschäftigkeit im Café. Von der Empore aus konnten sie die Theke, hinter der Burro stand, sehr gut sehen. Vor ihm baute sich ein übel aussehender Mann auf und wies ihn zurecht: „Hatte ich nicht gesagt, dass ich zum Cappuccino ein Glas Leitungswasser bekommen möchte? Ist es etwa zu viel verlangt, sich das zwei Minuten lang zu merken?"

Burro antwortete in seiner gewohnt freundlichen Art: „Mein Personal ist geschult, und zu Cappuccino wird in einem guten Café in der Regel kein Wasser gereicht, bei einem Espresso ist das etwas anderes", nahm er den jungen Mitarbeiter in Schutz, der für die Bestellung zuständig gewesen war.

„Dann sagen Sie Ihrem schlauen Bürschlein, dass er sich beeilen soll!“

Seelenruhig goss Burro daraufhin selbst das Wasser ein und stellte das Glas dem unverschämten Gast vor die Nase.

Als er etwas später am Tisch von Luca und den anderen stand, war der mürrische Mann schon gegangen.

„Den kenne ich bereits, er ist ein ungehobelter Kerl, der jedes Mal Streit sucht. Aber da ist er bei mir an den Falschen geraten. Trotzdem bin ich kurz davor, ihm Hausverbot zu erteilen, mein Personal lasse ich jedenfalls nicht so behandeln“, entrüstete sich Burro nun doch.

Auch Adrian hatte Bruder Francesco ins Vertrauen gezogen. Er wusste, dass sich der Mönch große Sorgen machte. Es war ihm schon vorher aufgefallen, dass Bruder Francesco seit seiner Ankunft gealtert zu sein schien. Der Mönch hielt das Vorhaben für sehr gewagt, aber natürlich verstand er Adrian.

„Lass uns an diesem herrlichen Tag etwas in den Garten gehen“, schlug er vor.

Die Knospen der unzähligen Rosen waren noch verschlossen, es musste eine Pracht sein, wenn sie alle zu blühen beginnen würden. Große Flächen mit Weinreben grenzten an einen Kräutergarten, der seinesgleichen suchte. Granatapfelbäume und sogar

Palmen fanden in den herrlichen Grünanlagen des Klosters einen Platz und auf den weiten Blumenwiesen tummelten sich eitel daher stolzierende Pfauen. Bruder Francesco begann damit, im Gemüsegarten zu arbeiten, wahrscheinlich um sich abzulenken. Wie so oft half Adrian ihm dabei und versorgte auch die Tiere, die ebenfalls auf dem Klostergelände lebten.

Am Nachmittag erhielt er von Tosca und Luca die Nachricht, dass alle mit ihren Plänen einverstanden waren.

Heute fand Adrian keinen Schlaf, aber nicht aus Trauer, sondern weil er zum ersten Mal etwas Hoffnung schöpfte. Aus diesem Grund konnte er nicht ruhig im Bett liegen bleiben, also stand er auf und ging zum Hügel. Dort schaute er noch lange dabei zu, wie die Fischerboote ihre Lichter über die Lagune sendeten, und erst als er zu frieren begann, kehrte er zu seinem einfachen Nachtlager zurück.

Zusammen mit Orlando besuchten Tosca und Luca Adrians Großeltern, denn heute waren Fiora und Giulio auf den Tag genau drei Monate verschwunden. Die alten Leute freuten sich über einen kleinen Brief von Adrian.

„Zum Glück geht es wenigstens dem Jungen einigermaßen gut", sagte Nonnina mit belegter Stimme. An ihr zehrten die letzten Wochen merklich.

„Nun lasst uns etwas von der Torte essen, eigentlich backe ich sie immer zu Ostern, aber in diesem Jahr ist es hier sehr still gewesen", forderte sie ihre Gäste auf.

Als alle den Kuchen im Mund hatten, trafen sich fünf Blicke die dasselbe verrieten. Das sonst herrlich süße Ostergebäck war total versalzen.

„Oh nein, oh nein, ich muss die Zuckerdose mit dem Salzstreuer vertauscht haben, so etwas aber auch“, jammerte Nonnina.

Seit dem Verschwinden ihrer Tochter war sie ganz durcheinander und konnte sich auf nichts konzentrieren.

„Das macht gar nichts, bei diesem herrlichen Wetter sollte man sowieso besser Eis essen. Luca, komm bitte mit, wir laufen schnell zu Signora Bianchis Eisdiele“, sagte Orlando und rettete dadurch die Situation.

Adrians Großvater zeigte Tosca in der Zwischenzeit die Blumen, die auf dem Hof wuchsen. Er pflegte sie jetzt noch gründlicher, so als verbände es ihn mit Fiora und als warteten die Blüten nur auf deren lockiges Haar. Tosca bestaunte die wunderschönen Blumen, während sie sich mit dem alten Mann unterhielt.

„Habt ihr denn noch irgendetwas beobachtet?“, erkundigte sie sich.

„Nur, dass Fiora in der letzten Zeit bedrückt gewesen zu sein schien. Sonst erzählte sie mir immer viel von ihrer Arbeit, aber wenn ich sie danach fragte, wich sie mir aus. Giulio holte meine Tochter öfter als sonst aus Venedig ab. Ich habe mir nichts dabei gedacht und erklärte es mir damit, dass er Fiora einfach eine Freude machen wollte“, antwortete Pietro. Mit einem Blick auf Tosca fügte er hinzu: „Je älter die

Kinder werden, desto mehr rücken die Eltern wieder zusammen, das ist ganz normal."

Am Ende des Nachmittags war Nonnina etwas fröhlicher gestimmt.

„Kommt bitte bald wieder", bat Pietro die anderen. „Luca, vielleicht könntest du einmal in der Küche aushelfen? Der Kuchen heute war nicht das einzige Versehen meiner lieben Frau und ich kann leider weder kochen noch backen", fügte er leise hinzu.

Luca versprach es, verabschiedete sich und folgte Tosca und Orlando nach draußen.

Ein Besuch zu Hause und ein Treffen auf der Schlangeninsel

Alles lag noch genau wie an seinem Geburtstag da: Das Buch aus dem Fuchsladen, der Stift, den Tosca ihm geschenkt hatte, und die Rezeptsammlung von Luca. Es kam ihm vor, als wäre die Zeit stehen geblieben. Adrian hatte sich so sehr nach seinem Zuhause gesehnt, dass er mitten in der Nacht nach Hadria gerudert war. Er hoffte außerdem, irgendeinen Hinweis auf das Verschwinden seiner Eltern zu finden. Die Insel und deren Bewohner hielten einen tiefen, ruhigen Schlaf, trotzdem war Adrian sehr vorsichtig, damit niemand seine Ankunft bemerkte. Auch wenn sein bester Freund Luca ganz in der Nähe im Bett lag, wollte er ihn nicht treffen. Das Licht seiner Taschenlampe beleuchtete spärlich das Innere des

Hauses. Der Lichtkegel fiel auf einen Pokal, den er bei einem Ruderwettbewerb in der Schule gewonnen hatte. Tosca war damals ganz begeistert über die Trophäe gewesen, die wie eine Gondel geformt war, aber ebenso an ein Seepferdchen erinnerte. Auf dem Nachttisch seiner Mutter fand Adrian ein Bild, das ihn als kleinen Jungen zeigte. An jenem Tag hatte er, zusammen mit seinen Eltern, stundenlang am Strand mit Muscheln Muster in den Sand gelegt.

So sehr die Gegenstände Erinnerungen in ihm weckten, deutete nichts auf das Ereignis hin, das ihn auf derart schreckliche Weise von Fiora und Giulio hatte trennen sollen. Nachdem er ein letztes Mal das Licht der Taschenlampe durch das Haus hatte wandern lassen, verließ Adrian die Insel.

Bruder Francesco wunderte sich am anderen Morgen, dass er Adrian nicht in der Backstube antraf. Der Junge schlief nie lange. Nach den kühlen Nächten in seiner Unterkunft wärmte er sich in der Backstube auf, in der es immer nach frischem Brot duftete. Der Bäckermönch erinnerte Adrian mit seinem freundlichen Gemüt an Burro. Es machte dem Mönch nichts aus, dass der Junge nicht redete, denn er selbst tat es viel und gern. Geduldig zeigte er Adrian, wie das Brot zubereitet wurde, und freute sich über seinen Lehrling.

„Nein, ich habe mich auch schon gefragt, wo er bleibt“, antwortete der Mönch, als Bruder Francesco sich nach Adrian erkundigte.

Bruder Francesco lief zum Stall und fand Adrian, der gerade erst aufgewacht war. Mit seinen Händen umklammerte er ein Buch und auf dem Boden neben dem Bett lag eine Fotografie.

„Du bist auf Hadria gewesen“, stellte Bruder Francesco fest, während er die Aufnahme betrachtete. „Bitte fahr nicht noch einmal dorthin“, bat er Adrian dann eindringlich. „Geh erst einmal in die Backstube und wärm dich auf. Wenn du gefrühstückt hast, komm in den Garten, ich möchte dir etwas zeigen“, fügte er hinzu und verließ den Stall.

Adrian entdeckte den Mönch in dem Teil des Gartens, in dem auf einer weitläufigen Wiese die Pfauen ihre Räder schlugen. An einem Ast hing ein Käfig, in dem ein junger Steinkauz saß.

„Ich habe ihn vor einiger Zeit mit einem gebrochenen Flügel aufgefunden. Es dauert nicht mehr lange, dann werden wir ihn wieder fliegen lassen können“, erklärte Bruder Francesco.

Adrian hätte die kleine Eule am liebsten schon jetzt befreit. Genau wie sein Vater mochte er es nicht, wenn Tiere eingesperrt waren. Aber natürlich konnte er es nicht tun, schließlich hatte Bruder Francesco sich um den Kauz gekümmert und noch wäre er eine leichte Beute für andere Tiere. Also holte Adrian sein Buch, setzte sich unter den Baum, an dem der Käfig hing, und leistete dem Kauz Gesellschaft.

Wie verabredet trafen sich die Kinder am Freitagnachmittag auf der Insel, von der die Einheimischen nur als Knocheninsel sprachen. Adrian hatte dieser Name nie gefallen und sie deswegen in Schlangeninsel umbenannt. Luca und Tosca suchten einen Ankerplatz im Schilf, zwischen dessen Halmen das Boot sich gut verstecken ließ. Dann warteten sie auf Adrian, da sie vermuteten, dass er sein Boot ebenfalls hier vertäuen würde.

„Hoffentlich hat ihn keiner gesehen, er müsste doch längst hier sein!“, sorgte sich Tosca nach einer Weile.

„Wer ist das? Dahinten, meine ich!“

Luca deutete auf eine Gestalt, die sich mit unbeholfenen Schritten näherte. Den Kopf durch eine große Kapuze verdeckt und gehüllt in einen Mantel, dessen Saum über die Füße hinausragte, stolperte die Person mehr, als dass sie lief.

„Entweder hat Adrian sich geirrt und es sind doch andere Leute auf dieser Insel oder ein Mönch aus dem Kloster hat eine Nachricht für uns“, flüsterte Luca und nahm Tosca an die Hand, bereit, mit ihr zu fliehen.

„Weder noch“, rief Tosca da erleichtert aus, denn unter der großen Kapuze, die der Träger der Mönchskutte nun lüftete, leuchtete Adrians rotes Haar hervor.

„Deine Tarnung ist wirklich gut“, lobte Luca seinen Freund zur Begrüßung, als dieser vor ihm stand.

„Lasst uns einen Platz suchen, an dem wir uns hinsetzen und alles besprechen können“, schlug Tosca vor.

Sie schritt auch gleich mutig voran, schließlich war sie es gewesen, die vor einiger Zeit unbedingt die

Insel hatte erforschen wollen. Tosca stampfte so laut auf, dass Luca sie zurechtwies. Adrian musste grinsen, er wusste, warum seine Freundin das tat. Er zwinkerte Luca zu und ahmte mit seinen Armen schlängelnde Bewegungen nach.

„Ach so, du machst das wegen der Schlangen. Keine Sorge, dein gewöhnliches Watscheln reicht völlig aus, um die Schlangen zu vertreiben!“, neckte Luca daraufhin das Mädchen.

Endlich kamen sie zu den Torbögen, die einst den Eingang zu einem Kloster gebildet hatten. Sie setzten sich auf ein Stück der Mauerruine, hinter der ein spärlich belaubter Baum ein wenig Schatten spendete. Die meisten Bäume waren nur noch tote Gerippe, allerdings wurde ihnen durch das üppige Grün von Schlingpflanzen und dem überall wuchernden Unkraut etwas Leben eingehaucht.

„Wir haben nicht viel herausbekommen“, begann Luca zu erzählen.

„Eigentlich gibt es außer einer versalzenen Ostertorte deiner Großmutter und der Feststellung Pietros, dass dein Vater deine Mutter öfter aus Venedig abholte als gewöhnlich, nichts Neues“, fügte Tosca dann kleinlaut hinzu.

Adrian zuckte mit den Schultern und nickte als Zeichen dafür, dass auch er nichts zu berichten hatte. Von seinem Ausflug nach Hadria verriet er den beiden nichts, Tosca würde sich dann nur noch mehr sorgen und Luca wäre sicherlich verärgert, weil er ihn nicht geweckt hatte.

Auf einmal störte ein lautes Rascheln ihre Unterhaltung. Luca erschreckte sich so sehr, dass er rücklings von der Mauer fiel. Als Tosca eine Eidechse sah, die blitzschnell in einer Ritze der Mauer verschwand und offenbar für das Geräusch verantwortlich war, lachte sie laut auf.

„Ja, ja, aber ich habe Angst vor den Schlangen", verspottete sie nun Luca.

Auch wenn die Eidechse zur Belustigung aller beigetragen hatte, stellten sie enttäuscht fest, dass es schwieriger war, etwas über das Verbrechen herauszubekommen, als sie es sich erhofft hatten.

„Wir müssen leider zurückfahren. Ich habe deinem Vater versprechen müssen, dich vor dem Dunkelwerden nach Hause zu bringen", meinte Luca schließlich an Tosca gewandt.

„Wir werden nicht aufgeben, bis wir sie gefunden haben, sei bitte nicht zu traurig!", versuchte Tosca ihren Freund aufzumuntern.

Der lächelte, um Tosca eine Freude zu machen, doch merkte er, wie ihn eine unerträgliche Furcht befiel, dass er seine Eltern nie wiedersehen würde. Er begleitete Tosca und Luca zu dem Ankerplatz und wartete, bis das Boot nicht mehr zu sehen war.

Als Adrian sich wieder etwas beruhigt hatte und es bereits dunkel geworden war, fuhr er zurück zum Kloster.

Die kleine Backstube schloss direkt an die Klosterküche an, auch sie war mit den besonderen Fliesen ausgelegt, die an mehreren Stellen im Kloster zu finden waren. Wieder betrachtete Adrian lange die darauf abgebildeten Zeichen. Manchmal kam es ihm so vor, als leuchteten sie auf, aber wahrscheinlich bildete er sich das nur ein. Er hatte bereits in Büchern nach ihnen gesucht, um etwas über ihre Bedeutung herauszubekommen, bisher aber vergeblich. In der Bibliothek standen Werke, die in Sprachen verfasst waren, von denen er vorher nie gehört und deren Schrift er noch nie gesehen hatte, doch die Zeichen der Fliesen offenbarten sie nicht. Auch im Kreuzgang des Klosters und im Inneren des Verschlags, in dem er sich versteckt hatte, waren ihm die geheimnisvollen Muster aufgefallen. Adrian vermutete, dass es sich um Schriftzeichen handelte. Sogar der redselige Bäckermönch verriet ihm nichts über die Fliesen, und wenn er sich bei Bruder Francesco nach ihnen erkundigte, wich dieser seinen Fragen ebenfalls aus.

Eines Tages half Adrian wieder dem Schmied des Klosters. Die Dinge, die in der Werkstatt hergestellt wurden, waren sehr vielfältig. Neben den Hufeisen für die Tiere fertigte der Mönch Schlösser, Türgriffe, Beschläge für Truhen und einiges andere an. Aber auch Ketten und Ringe, die der Abt und weitere hohe Würdenträger an besonderen Festtagen trugen, gehörten dazu. Adrian fand immer mehr Gefallen an der Arbeit in der Schmiede. Die Hitze und die körperliche Anstrengung verscheuchten die trüben Gedanken, die ihn regelmäßig heimsuchten. Er erwies sich als überaus geschickt. Nachdem er an einfachen Stücken geübt hatte, skizzierte Adrian eine Gürtelschnalle nach dem Vorbild des Ruderpokals. Eines Tages schaffte er es tatsächlich, mithilfe des Mönchs, die Gürtelschnalle zu schmieden.

Auch die Gesellschaft seines neuen Gefährten, des jungen Steinkauzes, tat Adrian gut. Er las nun immer unter dem Baum, an dem der Käfig hing. Schon bald durfte Adrian Gufo, diesen Namen hatte er dem Kauz gegeben, füttern und sogar anfassen. Dann kam der Tag, an dem Gufo in die Freiheit entlassen werden sollte.

„Wir sehen ihn wahrscheinlich nicht wieder, sei nicht zu traurig, dafür kann er nun fliegen, wohin er möchte“, versuchte Bruder Francesco Adrian schon vorab zu trösten.

Der nickte nur und öffnete den Käfig. Dann nahm er Gufo behutsam heraus und setzte ihn auf den Boden. Es vergingen einige Minuten, bis der Kauz seine Flügel ausprobierte und sich schließlich in die Lüfte erhob. Adrian und der Mönch konnten ihn noch lange am blauen Frühlingshimmel verfolgen, doch irgendwann verloren sie ihn aus den Augen.

Bruder Francesco ließ seinen Schützling allein zurück, er wusste, dass der Junge den Kauz in sein Herz geschlossen hatte, und wollte ihm Zeit lassen, seinen

Kummer zu vergessen. Adrian lehnte sich gedankenverloren an den Stamm, an dem der nun leere Käfig baumelte. Auch er lebte in einer Art Käfig, obwohl sich die Mönche darum bemühten, ihm ein Zuhause zu geben. Aber ganz im Gegensatz zu Gufo konnte er die Insel nicht einfach verlassen. Er musste bleiben, und niemand wusste, wann er wieder sein normales Leben führen könnte.

Erst als die Sonne sich langsam am Horizont herabsenkte, stand Adrian auf, ging direkt zum Stall und versuchte zu schlafen.

Ein eigenartig schwirrendes Geräusch weckte ihn auf. Es musste sehr früh am Morgen sein, denn die Luft war noch kühl und es begann gerade erst zu dämmern. Da entdeckte Adrian Gufo, der, den Kopf unter einen Flügel gesteckt, in einer Lücke des Mauerwerks saß. Der kleine Kauz war also zurückgekehrt. Überglücklich blieb Adrian eine Weile bei seinem gefiederten Freund, bevor er in die Backstube ging, in der er bereits erwartet wurde.

Ein paar Tage später bekam er einen langen Brief von Tosca, der wie immer im Maul des Seeteufels steckte. Die Nachricht war auf einer Bonrolle verfasst, die Marco ihnen als Tarnung überlassen hatte. Trotzdem benutzten die Kinder andere Namen und schrieben nie über die Entführung oder ihre Nachforschungen. Sobald er den Fisch abgeliefert hatte, blieb der Fischhändler noch eine Weile, um ein Glas des köstlichen Klosterweins zu trinken. So auch an diesem Tag. Also setzte Adrian sich unter den Baum, an dem die Freundschaft mit Gufo begonnen hatte, um Tosca gleich zu antworten und den Brief Marco mitzugeben. Während er überlegte, worüber er erzählen könnte, schüttelte er den Stift, den er von Tosca geschenkt bekommen hatte. Die kleinen Quadrate hatten sich schon fast vollständig zu der Gondel zusammengesetzt, als Adrian plötzlich das Papier fallen ließ, den Stift jedoch fest umklammerte, aufsprang und losrannte. Erst als er im Kloster vor dem prächtigen Mosaik stand, kam er allmählich wieder zu Atem. Adrian starrte gebannt auf das Kunstwerk, dann lief er zum Baum, schrieb hastig ein paar Zeilen und hoffte, Marco noch in der Klosterküche anzutreffen.

Luca und Tosca verlangte es alle Überredungskünste ab, ihre Eltern zu überzeugen, dass sie mitten in der Woche nachts zur Fischerhütte rudern durften. Sie hatten eine Nachricht von Adrian erhalten, die ebenso kurz wie geheimnisvoll war:

Nach Sonnenuntergang in der Hütte – es ist wichtig – kommt unbedingt!

Also warteten sie nun auf ihren Freund, gespannt, was er ihnen zu sagen hatte. Endlich hörten sie, wie jemand die Treppe hinaufkletterte. Viel zu spät begriffen sie, dass der schwerfällige Schritt und die von Stöhnen begleiteten Pausen nicht zu Adrian gehören konnten.

„Komm“, zischte Luca, „wir müssen uns verstecken!“

Aber dazu hatten sie keine Gelegenheit mehr, denn ein Fuß des Eindringlings stand bereits in der Hütte und schon erfüllte der ganze Körper den niedrigen Eingang. Immer noch konnten die Kinder das Gesicht der Person, die vor ihnen stand, nicht erkennen. Doch die Kutte verriet ihnen, dass es sich offensichtlich um einen Mönch aus dem Kloster handelte. Nun hob der Besucher den Kopf und Bruder Francesco blickte sie an.

„Entschuldigt, aber ich musste erst einmal Luft holen. Ich hoffe, dass ich euch nicht zu sehr erschreckt habe!"

Luca fand als Erster seine Sprache wieder und bat den alten Mann, sich zu setzen.

„Ich bin gekommen, um euch zu sagen, dass Adrian leider erneut einen Fieberanfall hatte. Es geht ihm schon etwas besser, denn wir konnten ihm gleich die richtige Arznei geben", erklärte Bruder Francesco sofort, als er Toscas Gesichtsausdruck sah. „Ein paar Tage Bettruhe und er wird wieder wohlauf sein", fügte er hinzu. „Worum geht es eigentlich, es scheint ja von großer Bedeutung zu sein", erkundigte sich der Mönch.

„Wir wissen es nicht, Adrian schrieb nur, dass er uns noch heute sehen müsse", antwortete Tosca.

Luca, der seinerseits gehofft hatte, von Bruder Francesco den Grund für das Treffen zu erfahren, zuckte enttäuscht mit den Schultern.

„Da kann man nichts machen, wir müssen warten, bis es ihm besser geht. Die soll ich dir von Adrian geben, Tosca", sagte Bruder Francesco und zog eine lange Pfauenfeder aus seinem Gewand.

Nachdem er sich noch etwas ausgeruht hatte, ruderte der Mönch zurück zum Kloster.

Luca begleitete Tosca nach Venedig, so konnten sie wenigstens ein bisschen länger schlafen. Als sie endlich in ihren Betten lagen, sagte Tosca nach einiger Zeit: „Luca, ich muss immer darüber nachdenken, was uns Adrian wohl erzählen wollte."

„Mir geht es genauso", gestand ihr Luca, „aber ich habe wirklich nicht die leiseste Ahnung!"

„Ob er irgendetwas gesehen oder gehört hat, was mit dem Verbrechen zu tun haben könnte?", ließ Tosca nicht locker.

Luca richtete sich auf, um an den Lichtschalter zu kommen.

„Zumindest muss es wichtig gewesen sein, aber wie soll ausgerechnet Adrian etwas herausgefunden haben? Schließlich kann er die Insel nur selten verlassen!", überlegte Luca laut.

Sie schwiegen einen Augenblick, bis Tosca fragte: „Glaubst du, dass er wieder gesund wird?"

„Natürlich, du hast doch Bruder Francesco gehört, es scheint dieses Mal nicht ganz so schlimm zu sein, und sie wissen, welche Arznei dagegen hilft!", entgegnete Luca sofort. „Lass uns jetzt etwas schlafen", meinte er dann, gähnte und knipste das Licht wieder aus.

Der Verdacht

Endlich konnten sich die drei an einem Freitagnachmittag auf der Schlangeninsel treffen. Luca und Tosca saßen auf der Mauer und warteten auf Adrian, als ein kreischender Vogel sie anzugreifen schien. Luca hatte blitzschnell einen Stein aufgehoben und war schon im Begriff, ihn zu schleudern, als er Adrian kommen sah, auf dessen Schulter der Vogel landete. Adrian schrieb mit seinem Schuh den Namen Gufo in den sandigen Boden, danach zeigte er auf seinen Gefährten.

„Ach, dann ist das also der kleine Steinkauz, er hat uns einen ganz schönen Schrecken eingejagt", meinte Tosca.

„Geht es dir wieder richtig gut?", sorgte sich Luca, dem aufgefallen war, dass sein Freund immer noch ziemlich mitgenommen aussah.

Adrian nickte, während er sich ebenfalls auf die Mauer setzte.

„Was wolltest du uns denn so Dringendes erzählen, hat es mit der Entführung deiner Eltern zu tun?", erkundigte sich Tosca.

Adrian holte den Stift, den er von seiner Freundin geschenkt bekommen hatte, hervor. Nachdem er ihn geschüttelt hatte, hielt er ihn für alle gut sichtbar in die Höhe. Erst als das letzte Puzzleteil seinen Platz gefunden hatte, schaute er Tosca und Luca erwartungsvoll an. Tosca starrte den Stift und dann Luca an, der nur mit den Schultern zuckte.

„Es freut mich ja, dass dir der Stift so gut gefällt, aber ich würde jetzt wirklich gern wissen, warum du uns neulich mitten in der Nacht sehen wolltest!“, ereiferte sich Tosca.

Seelenruhig zog Adrian einen kleinen Schreibblock aus seiner Hosentasche und zeichnete einen bogenförmigen Rahmen auf das Papier. Tosca, deren Geduld nun endgültig erschöpft war, sprang auf und stellte sich mit mürrischem Gesicht direkt vor Adrian. Dieser malte ein Muster in den Bogen, das Tosca bekannt vorkam, also setzte sie sich wieder hin, um das Bild besser betrachten zu können.

„Jetzt weiß ich, was das sein soll, es ist das Mosaik, das im Kloster, meine ich!“, erinnerte sich das Mädchen.

Adrian nickte und kritzelte zwei Strichmännchen neben den Rahmen. Nachdem er unter die Männchen die Namen seiner Eltern geschrieben und sie durch Pfeile mit dem Rest verbunden hatte, wartete er und hoffte, dass Luca und Tosca es begreifen würden.

„Du könntest recht haben, vielleicht hängt alles mit den Mosaiken zusammen, das würde zumindest das seltsame Verhalten deiner Mutter erklären“, überlegte Luca.

„Deswegen hast du uns den Stift gezeigt, die Teilchen erinnern an winzige Mosaiksteine“, rief Tosca aufgeregt.

„Aus diesem Grund wollte uns Fiora auch nicht mehr zu ihrer Arbeit mitnehmen! Aber warum deine

Eltern sich so sehr sträubten, zum Karneval zu gehen, bleibt trotzdem rätselhaft“, stellte sie fest.

„Es ist immerhin ein Anfang, konzentrieren wir uns also auf die Mosaike“, entschied Luca.

Sie besprachen sich fast eine Stunde, dann schlug Tosca vor, die Insel noch etwas zu erforschen.

„Erstens muss ich mir jetzt unbedingt die Beine vertreten und außerdem gibt es hier bestimmt spannende Dinge zu entdecken“, drängte sie die Jungen.

Luca winkte sofort ab und legte sich in den Schatten, woraufhin er augenblicklich einschlief. Also ergriff Tosca die Hand ihres Freundes und zog ihn mit sich.

Sie spazierten ein Stück, bis sich die Ruine des einstigen Klosters in voller Größe vor ihnen auftürmte. Hier waren Teile der hohen Mauern stehen geblieben, im unteren Bereich wurden sie durch gewaltige Eingänge unterbrochen und weiter oben konnte man noch genau die Fensteröffnungen erkennen. Adrian und Tosca sahen, dass die Überreste von Treppen in mehrere Stockwerke führten, allerdings trauten sie sich nicht, die Stufen zu betreten, da sie befürchteten, dass sie unter ihrem Gewicht einstürzen könnten. In einem anderen Teil reihten sich die winzigen Klosterzellen aneinander. Überall bildeten Schlinggewächse, die sich um dicke Äste gewunden hatten, ein natürliches Dach. An einer Stelle stießen die Kinder auf eine weitere Treppe. Tosca war schon dabei, die Stufen zum Kellergewölbe hinabzuklettern, als sie merkte, dass Adrian sich von ihrer Hand löste.

„Ich bin gleich zurück“, rief sie, denn sie ahnte, dass Adrian ihr in das unterirdische Gewölbe nicht folgen würde.

Aber Tosca kam nicht weit, auch hier suchten dornige Sträucher das wenige Licht und die porösen Stufen waren außerdem gefährlich rutschig. Nach ein paar Metern musste sich Tosca eingestehen, dass sie ohne eine Taschenlampe nicht weitergehen konnte.

Auf einmal spürte das Mädchen etwas Weiches an ihrem Bein entlangstreifen. Tosca stockte der Atem und sie hastete so schnell nach oben, dass Adrian ihr die Hand helfend entgegenstreckte. Voller Entsetzen erzählte Tosca, was passiert war. Mit der Reaktion ihres Freundes hatte sie allerdings nicht gerechnet. Adrians Oberkörper bewegte sich schnell hin und her, gleichzeitig begann er die Zähne aufeinanderzuschlagen und seine Hände wie Pfötchen zu bewegen. Adrian lachte sie aus und spielte nach, was sie eben in Angst versetzt hatte.

„Vielen Dank auch, dass du dich so um mich sorgst, ein Rattenbiss ist bestimmt eine schmerzhafte Angelegenheit“, schmollte Tosca und lief, ohne ein weiteres Wort zu sagen, zu Luca.

Dort angekommen, zog sie ihren Rucksack, den Luca unter seinen Kopf gelegt hatte, unsanft weg, wodurch er aufwachte.

„Aua, das tat weh, welche Laus ist dir denn über die Leber gelaufen?“, beschwerte er sich.

„Keine Laus, eine Ratte! Und Adrian hat sich auch noch darüber lustig gemacht“, entgegnete Tosca wütend. „Kommt schon, für heute ist mir der Spaß an der Insel vergangen", scheuchte sie die Jungen auf.

Luca und Adrian wussten, dass es keinen Zweck hatte, Tosca zu widersprechen. Also nahmen sie ihre Sachen und folgten ihr.

Als sie schon fast bei den Booten waren, gelang es Adrian, Tosca einzuholen, fasste ihren Arm und zog sie zu sich. Während er sie anschaute, strich er ihr sanft über die Wange und küsste sie auf die Stirn. Tosca erwiderte seinen Blick und musste lächeln. Sie genoss die Umarmung und den stillen Moment mit Adrian, bis sie sich schließlich trennten und Tosca zu Luca ins Boot stieg.

In der nächsten Woche schafften es Tosca und Luca nicht, weitere Nachforschungen anzustellen. Adrian aber verbrachte den ganzen Tag in der Bibliothek und las jeden noch so kleinen Artikel über die Mosaike in den Kirchen und Palästen Venedigs. Sonst blieb er immer einen Moment in dem prunkvollen Saal der Bibliothek und schaute sich die riesigen Globen an, die mittelalterliche Sternenkarten abbildeten. Aber jetzt interessierte ihn das nicht, er wollte nur etwas über die Mosaike erfahren, an denen seine Mutter in der letzten Zeit gearbeitet hatte. Signor Orlando hatte sich bei dem Fabrikbesitzer erkundigt, welche das gewesen waren. Stundenlang studierte Adrian die Muster, bis ihm die Augen schmerzten und Bruder Francesco ihn ermahnte, aufzuhören und nach draußen zu gehen.

Tosca und Luca trafen sich mit Orlando Orlando im Café. Sie setzten sich an ihre Plätze auf der Empore und waren hier oben die einzigen Gäste, so mussten sie nicht befürchten, belauscht zu werden.

„Der Fabrikbesitzer war ganz entsetzt, als ich ihm erzählte, was ihr vermutet. Er legt jedenfalls seine Hand dafür ins Feuer, dass sowohl mit den Mosaiksteinchen als auch seinem Personal alles in Ordnung ist“, berichtete Orlando.

„Adrian ist auch noch nichts aufgefallen, er sitzt scheinbar Tag und Nacht über den Büchern und liest alles über Mosaike, was die Bibliothek hergibt. Wahrscheinlich kann er sie schon aus dem Gedächtnis nachlegen“, scherzte Luca.

„Er hat uns diese Nachricht geschickt“, sagte Tosca und gab ihrem Lehrer einen zerknitterten Bon.

Orlando glättete das Papier und versuchte die Nachricht zu entziffern, denn die Schrift war teilweise verlaufen oder mit dem Blut des armen Fisches getränkt.

„Er benötigt aktuelle Fotos von den Mosaiken, an denen Fiora gearbeitet hat. Puh, das wird fast unmöglich sein“, murmelte Orlando.

„Adrian will sie vergleichen mit den Abbildungen in den Büchern. Ich weiß auch nicht genau warum“, erklärte Tosca.

„Ich muss erst in Ruhe nachdenken, ich hoffe, dass mir etwas einfallen wird. Ich gebe euch noch vor der nächsten Fischlieferung Bescheid, damit ihr Adrian antworten könnt“, versuchte Signor Orlando so leise wie möglich zu sagen. „Jetzt lasst uns über andere Sachen reden, mein Hals ist schon ganz rau vom vielen Flüstern“, fügte er hinzu und räusperte sich ausgiebig.

Sie unterhielten sich noch eine Weile, bis auf einmal Burro mit gerötetem Gesicht vor ihnen stand.

„Benutzt den Hinterausgang, dieser Kerl kommt hoch, irgendetwas stimmt da nicht“, warnte er die drei.

Orlando Orlando reagierte sofort und schob Tosca und Luca durch die Wandtür, während Burro nach gewohnter Art den Blick zu ihnen versperrte.

„Saß hier nicht eben noch wer?“, hörte er da auch schon eine Stimme direkt hinter sich.

„Nein, die letzten Gäste sind vor einer Stunde gegangen. Ich bin nur noch nicht dazu gekommen, den Tisch abzuräumen“, war Burro nicht verlegen zu antworten.

„Ich meine diese unerträglich helle Stimme des Mädchens gehört zu haben, das regelmäßig vorbeikommt. Die haben offensichtlich zu viel Zeit, die Kinder heutzutage, sonst würde sie hier nicht so häufig herumlungern!“, beschwerte sich der mürrische Mann und ging.

Burro war froh, dass Luca, Tosca und Orlando ungesehen hatten verschwinden können.

Diese durchquerten den geheimen Raum, kletterten durch die Dachluke und erreichten schließlich über die Leiter den Kanal. Nachdem sie ein Stück mit dem Boot gefahren waren, stiegen sie aus und setzten ihren Weg zu Fuß fort. Auf einmal blieb Luca stehen.

„Ich glaube, dass uns irgendwer folgt!“

„Lasst uns erst einmal weitergehen, mir ist nichts aufgefallen“, erwiderte Orlando.

„Es ist der Mann aus dem Café“, jammerte Tosca mit bebender Stimme.

„Was will er von uns?“, fragte sich Luca entsetzt.

„Das kann ich dir auch nicht sagen, aber der spioniert uns nicht weiter aus. Kommt!“, rief Orlando und rannte los.

Sein erster Plan, dem Verfolger auf dem überfüllten Markusplatz zu entkommen, scheiterte. Kaum hatten sie die Menschenmassen hinter sich gelassen, sahen sie ihn. Der Mann war zwar ein ganzes Stück entfernt, aber es war klar, dass er die Gruppe nicht aus den Augen verloren hatte.

„Wir versuchen, ihn auf der Rialtobrücke abzuhängen, da ist es so eng, dass es klappen müsste“, hoffte Orlando. „Tosca, du kommst in unsere Mitte, fass uns bitte an, so verlieren wir uns nicht“, verlangte er.

Auf der berühmtesten Brücke Venedigs wurden sie sofort von dem Strudel der Touristen eingesogen. Alle wollten den Ausblick auf den Kanal genießen oder aber an den zahlreichen Ständen Andenken kaufen. Gemeinsam versuchten sich die Flüchtenden wie ein Faden durch ein Nadelöhr zu schlängeln, begleitet von den Flüchen, die ihnen die Leute zuraunten, wenn sie versehentlich angerempelt wurden.

Erst als Tosca, Luca und Orlando die Brücke endlich überquert hatten und noch ein ganzes Stück weitergelaufen waren, hielten sie an, um zu verschnaufen. Orlando hatte sich einem kleinen Trinkwasserbrunnen zugewandt und erfrischte sich.

„Das kann doch nicht wahr sein, der Kerl ist uns immer noch auf den Fersen“, stellte er genervt fest, als er sich wieder umdrehte.

Erst jetzt zeigte sich, wie gut Orlando Orlando seine Geburtsstadt wirklich kannte. Der Lehrer zerrte die Kinder hinter sich her, sie liefen durch Gassen und leere Höfe, die Tosca und Luca noch nie betreten hatten. Orlando schleppte sie durch kleine Gärten, vorbei an einer Reihe bunt angestrichener Häuser, bis er seine Begleiter aufforderte, in ein Ruderboot zu springen. Er fuhr ein Stück den Kanal hinauf und legte an einem winzigen Steg an. Nachdem das Boot angebunden war, stiegen alle aus und Orlando schob ein Garagentor hoch, hinter dem sich eine Art Lagerhalle befand. Nacheinander krochen sie unter dem Tor hindurch, dann ließ es Orlando wieder hinabgleiten. Leider sah er gerade noch, dass ihr Verfolger ihn beobachtet hatte.

Signor Orlando führte die Kinder in einen Raum, der über der Halle lag. Dort arbeitete eine junge Frau an einem großen Webstuhl.

„Orlando, was machst du denn hier?“, fragte sie und küsste ihn zur Begrüßung.

„Das erkläre ich dir später, wir müssen uns verstecken, schnell!“, flüsterte Orlando.

„Gut, hier ist ein riesiger Berg Wolle, kriecht da hinein", forderte sie die Kinder auf, „und du gehst in den Schrank!"

Genau in dem Moment, als die Schranktür wieder verschlossen war, stürmte der Fremde mit gerötetem Gesicht in den Raum.

„Entschuldigung, Sie haben hier eigentlich nichts zu suchen, vorne im Verkaufsraum steht extra eine Klingel", empfing die Weberin ihn mutig.

„Hast du einen Mann und zwei Kinder gesehen, der Junge ist ziemlich lang und seine Haare sehen wie Nudeln aus. Das Mädchen watschelt wie eine Ente", erwiderte dieser, ohne auf ihre Worte einzugehen.

„Nein, habe ich nicht. Aber ich möchte Sie jetzt wirklich bitten, den Raum hier zu verlassen, wir können uns gern im Laden weiter unterhalten", ließ sich die junge Frau nicht aus der Fassung bringen.

Erst als der unverschämte Kerl begann, die Regale mit der Wolle und eine Truhe zu durchwühlen, schritt sie energisch ein.

„Entweder hören Sie sofort damit auf oder ich rufe die Polizei", warnte sie den Eindringling.

Dieser stellte sich dicht vor sie, sodass sie seinem schlechten Atem nicht entkommen konnte und in seine unheimlich funkelnden Augen sah.

„Pass auf, dass nicht ich die Polizei rufe, die Gören haben mich nämlich bestohlen", log er sie an.

Orlando, der alles in seinem beengten Versteck mitanhören musste, wäre am liebsten sofort aus dem Schrank gesprungen, aber er war zu sehr damit beschäftigt, einen Niesanfall zu unterdrücken, und hörte dann erleichtert, dass der Mann das Zimmer und den Laden laut fluchend verließ. Trotzdem verharrten alle in dem Versteck, bis eine Frauenstimme sie leise rief.

Orlando sah schrecklich mitgenommen aus. Seine Augen waren angeschwollen und das Gesicht gerötet. Tosca und Luca starrten ihn entsetzt an.

„Keine Sorge, es vergeht gleich wieder, leider reagiere ich allergisch auf den noch so kleinsten Faden Wolle", erklärte Orlando.

„Ich dachte, dass es dich im Schrank nicht allzu sehr treffen würde, aber scheinbar waren dort noch Wollreste", entschuldigte sich die Frau.

„Du kannst nun wirklich nichts dafür, danke, dass du uns gerettet hast. Darf ich vorstellen? Das ist meine Freundin Sofia, und das sind Tosca und Luca." Dann meinte Orlando grinsend: „Es ist schon lustig, dass ich mich ausgerechnet in eine Weberin verliebt habe, wo mich doch jede Art von Wolle in den Wahnsinn treibt!"

Sofia lud sie ein, eine Limonade zu trinken, und stellte auch etwas Gebäck dazu.

„Wir sollten jetzt wirklich gehen, sonst werden sowohl der Lehrer als auch ein Teil seiner Klasse zu spät zum Nachmittagsunterricht kommen", drängte Orlando schließlich zum Aufbruch.

Sofia verabschiedete sich von allen und rief ihrem Freund hinterher: „Dann also bis heute Abend!"

„Kommt bitte mit", forderte Orlando Tosca und Luca in der großen Pause auf.

Erstaunt bemerkten sie, dass er auf die Sporthalle zusteuerte und mit ihnen den Raum, den die Lehrkräfte zum Umziehen benutzten, betrat. Nachdem Orlando Orlando die Tür geschlossen hatte, begrüßten sie Signora de Rosa, die bereits auf sie wartete. Luca und Tosca freuten sich, ihre ehemalige Lehrerin wiederzusehen, allerdings wunderte es sie, dass es heimlich passieren musste.

„Ihr fragt euch sicherlich, warum wir uns in diesem schäbigen Zimmer treffen. Signora de Rosa gehört nun zum Kreis der Eingeweihten, ich habe die anderen gefragt, ob sie damit einverstanden sind!", erklärte Signor Orlando.

„Eine schreckliche Geschichte, der arme Junge!", sagte Signora de Rosa bekümmert.

Den Rest der Pause erfuhren die Kinder, welche Aufgabe sie in Orlandos Plan übernehmen sollte.

„Gut, ich hoffe, dass es so funktionieren wird", beendete Orlando die Zusammenkunft, als ein aufdringlicher Gong zur nächsten Stunde rief.

Die Wohnung der Signora war klein, aber ebenso sorgsam hergerichtet wie ihr eigenes Erscheinungsbild. Die alte Dame hatte sich schon immer die Zeit genommen, ihr Haar ordentlich zu frisieren, die Kleidung auszuwählen und ausgiebig zu frühstücken.

Nichts konnte sie von der Einhaltung ihrer Rituale abhalten. Obwohl heute ein ungewöhnliches Abenteuer auf Signora de Rosa wartete, hängte sie sich erst, nachdem sie die üblichen Dinge erledigt hatte, ihre Tasche um. Dann bedeckte sie ihr Haar mit einem seidenen Tuch und setzte sich schließlich eine Sonnenbrille auf, die mit ausgesprochen großen und dunklen Gläsern versehen war. Zufrieden mit ihrer Verkleidung warf sie einen letzten Blick in den Spiegel und machte sich auf den Weg.

Auf dem Vaporetto, einem Boot, das in Venedig die verschiedenen Stadtteile und auch einzelne Inseln abfuhr wie anderswo die Busse, fand Signora de Rosa einen Platz, der den Blick auf die Lagune freigab. Versunken in die Bewegungen, die das Wasser um das Boot herum ausführte, dachte sie an vergangene Tage. Signora de Rosa hatte lange mit einem Mann, ihrer großen Liebe, zusammengelebt. Sie unternahmen damals Ausflüge in die Lagune und erkundeten die Weite und Schönheit der Natur. Ihr Freund war vor ein paar Jahren gestorben, seitdem lebte sie allein.

Die Ansage für den nächsten Halt riss Signora de Rosa aus ihren Gedanken, sie stand auf und drängte sich durch die Menge, um rechtzeitig den Ausstieg zu erreichen. Die Insel, an der das Vaporetto anlegte, beherbergte eine kleine, aber berühmte Kirche. Ansonsten war das Eiland, bis auf wenige Bewohner, die sich um die Touristen kümmerten, verlassen und ohne irgendwelche Reize. Auf dem schmalen Weg strömten sonst immer viele Menschen zur Kirche, die diese zuerst ansehen wollten, bevor sie sich endlich über die wohlverdiente Bewirtung in der einzigen Trattoria der Insel freuen konnten. Die meisten Leute hielten sich ungleich länger in der Trattoria als in der Kirche auf, wie die kunstliebende Lehrerin jedes Mal kopfschüttelnd feststellte. Der faule Geruch eines trüben Kanals begleitete die Signora, und die kümmerlichen Bäume, die nutzlos in der Gegend umherstanden, deuteten wirklich nicht darauf hin, dass am Ende dieses unerfreulichen Pfads eine Kostbarkeit auf sie wartete. Nur ein einsam in die Luft ragender Glockenturm, der, wie seines Unterbaus beraubt, getrennt von dem übrigen Gebäude stand, ließ schon von Weitem die Kirche erahnen, die bald ebenfalls zu sehen sein würde.

Signora de Rosa war nicht gläubig, aber wenn sie eine besonders schöne Kirche betrat, überkam auch sie ein Gefühl von Ehrfurcht. Und diese Kirche war besonders schön. Gerade die Schlichtheit des Kirchenraums, dessen scheinbar einziger Schmuck in den zahlreichen Säulen bestand, gefiel ihr. Die Bänke waren von jener Machart, bei der Signora de Rosa sich schon immer gefragt hatte, warum sie so unbequem sein mussten und den Betenden einiges abverlangten. Sobald sich der Blick in den Altarraum hob, erkannte man sofort, weshalb der Baumeister alles andere einfach gestaltet hatte. Hier erstrahlte ein Mosaik von solcher Schönheit, das selbst in Venedig seinesgleichen suchte und keinen anderen Prunk neben sich duldete. Signora de Rosa war stolz, dass die

Mutter ihres einstigen Schülers die Aufgabe gehabt hatte, dieses wertvolle Mosaik zu restaurieren. Doch mit Wehmut dachte sie daran, warum ein Arbeitsgerüst nun verwaist auf seinen weiteren Einsatz wartete.

Auch die Kirche war heute ungewöhnlich leer, ein Umstand, der Signora de Rosa missfiel, da der wachsame Blick des Mannes, der das berühmte Mosaik vor den allzu aufdringlichen Händen der Neugierigen schützen sollte, nun zwischen wenigen Besuchern hin und her wandern konnte. Fieberhaft überlegte sie, wie sie unbemerkt die Fotos machen könnte, die Adrian so dringend benötigte. Natürlich war es verboten, das Mosaik zu fotografieren, aber Signora de Rosa entschuldigte ihr Vergehen mit der Außergewöhnlichkeit der Umstände. Schließlich ging es darum, ein Verbrechen aufzuklären und Adrians Eltern endlich wiederzufinden.

Der Fotoapparat wartete gut versteckt in ihrer Tasche auf seinen Einsatz, aber die alte Dame befürchtete, dass der Aufpasser sie sofort ertappen würde. Also setzte sie sich in eine Kirchenbank und versuchte, in Ruhe eine Lösung zu finden. Für Adrian würde es nur von Nutzen sein, wenn sie Nahaufnahmen machte, jedes Detail musste zu erkennen sein. Eigentlich wäre das für Signora de Rosa überhaupt kein Problem gewesen, denn sie war eine leidenschaftliche und sehr gute Fotografin, die besondere Situation erschwerte jedoch die Aufgabe ungemein.

Die Signora verließ die Bank und ging zum Mosaik, dort stellte sie sich nur so nahe an das Kunstwerk, dass sie keine Aufmerksamkeit erregte. Mit Freude erkannte sie, dass der Teil des Mosaiks, an dem Fiora zuletzt gearbeitet haben musste, durch Markierungen gekennzeichnet war. Als die mutige Signora sich umdrehte, traf ihr Blick den des pflichtbewussten Wächters. Im selben Moment drangen helle Kinderstimmen an ihr Ohr und kurz danach stürmten an die dreißig Mädchen und Jungen in die Kirche und verteilten sich in rasender Geschwindigkeit im Kirchenraum. Der wachsame Aufpasser wusste nicht, welcher Gruppe von Kindern er zuerst folgen sollte, um sie davon abzuhalten, Verbotenes zu tun.

„Euch schickt der Himmel“, murmelte Signora de Rosa und musste über ihre überaus passenden Worte schmunzeln.

Dann handelte sie schnell, denn als erfahrene Lehrerin ahnte sie, dass die Kinder die Rettung für sie bedeuteten, da der arme Mann noch eine ganze Zeit damit beschäftigt sein würde, die fröhliche Schar zu bändigen. Blitzschnell kramte die Signora ihren Fotoapparat hervor. Sie war gerade dabei, das letzte Foto zu schießen, als sich ein Junge neben sie stellte und ihr Tun interessiert beobachtete. Signora de Rosa spürte, wie ihr ohnehin schon ziemlich heftig schlagendes Herz noch kräftiger zu pochen begann, schnell legte sie einen Finger auf ihren Mund und lächelte den Jungen an. Der verstand zum Glück sofort und stolz, Teil einer offensichtlich verbotenen Tat zu sein, zwinkerte er zurück, winkte unauffällig und lief zu seinen Freunden. Erleichtert vollendete

Signora de Rosa ihr Werk. Nachdem sie noch eine Weile die neugierigen Blicke und Fragen der Kinder in sich aufgesogen hatte, verließ sie die Kirche und eilte zum Anleger des Bootes.

Der Fabrikbesitzer sollte es viel leichter haben. Auch er war von Orlando Orlando gebeten worden, Aufnahmen von einem Mosaik zu machen, an dem Fiora zuletzt gearbeitet hatte. Die Besitzerin des Palastes war mit ihm befreundet und so bekam er von der reichen Venezianerin sofort die Einwilligung, das Mosaik ablichten zu dürfen. Sie fühlte sich geschmeichelt, dass ihr Mosaik in einem Ausstellungskatalog der Fabrik, aus dem die Mosaiksteine stammten, präsentiert werden sollte.

Noch am selben Tag traf sich Signor Orlando mit Signora de Rosa und dem Fabrikbesitzer in dem verborgenen Raum des Cafés.

„Ich danke euch, dass ihr die Fotos gemacht habt. Nun können wir nur hoffen, dass Adrian etwas auf ihnen findet, was zur Aufklärung des Verbrechens führen wird!“, sagte Signor Orlando.

Bevor Orlando zum Markt lief, um die Fotos Marco zu übergeben, stießen die drei noch mit einem Glas Wein an. Nachdem sie sich verabschiedet hatten, verließen die Männer über den geheimen Zugang den Raum, während Signora de Rosa in einem geeigneten Augenblick durch die Tapetentür verschwand.

Ein Ring für Tosca

In dieser Nacht konnte Adrian keinen Schlaf finden, immer wieder sah er durch das lückenhafte Dach in den Himmel und wartete auf die ersten Anzeichen des herannahenden Tages. Schließlich hielt er es nicht mehr aus, er stand auf und zog sich an. Adrian kannte den Weg zum Aussichtshügel so gut, dass er ihn auch mit geschlossenen Augen gefunden hätte, also ging er, ohne ins Straucheln zu geraten, durch die noch tiefe Dunkelheit zu seinem Lieblingsplatz. Plötzlich landete Gufo auf seiner Schulter, um ihn zu begleiten. Heute würde Marco die Fischlieferung für das Kloster bringen und damit auch die von ihm so ersehnten Fotos der Mosaike, das hoffte er jedenfalls. Da er das Boot erst in einigen Stunden erwartete, nahm Adrian seine Decke und hüllte sich in sie ein. Er bekam nicht mehr mit, wie Gufo fortflog, um seinen Beutezug fortzusetzen. Erst als der kleine Kauz wieder in einem Ast über ihm landete und sein Gefieder geräuschvoll aufplusterte, wachte Adrian auf und endlich sandte die Sonne ihre ersten zaghaften Strahlen über den Wasserspiegel der Lagune.

Es blieb noch genügend Zeit bis zum Anlegen des Bootes, also holte Adrian sich ein Hörnchen und einen Becher Milch aus der Backstube. Schnell kehrte er zum Baum zurück, in dem sein gefiederter Freund schlief, und genoss das noch warme Gebäck, während er die Lagune mit seinen Blicken nach dem Boot absuchte. Da sah der Junge das Fischerboot, sofort schnappte Adrian sich die Sachen und lief, so schnell er konnte, zur Klosterküche, in der er ungeduldig auf Marco wartete.

„Adrian, du bist früh dran, wollen wir diesen Teufelskerl von seiner wertvollen Fracht befreien?", fragte Marco beim Hereinkommen und zwinkerte Adrian zu.

Er fasste vorsichtig in den Rachen des Fisches und zog einen Plastikbeutel heraus, in dem die Post vor dem schleimigen Saft und Blut, die das Maul füllten, geschützt war. Adrian wischte den Beutel flüchtig ab, bedankte sich bei Marco und rannte in die Bibliothek. Ausgerüstet mit einer Lupe und einem dicken Buch, dessen Autorin sich ausschließlich mit dem Mosaik, das Signora de Rosa fotografiert hatte, befasste, setzte Adrian sich an einen mächtigen Schreibtisch. Über das Mosaik aus dem Palast gab es keine Bücher, aber der Fabrikbesitzer war so schlau gewesen, die Eigentümerin um ältere Aufnahmen zu bitten, die Adrian nun mit den neuen Fotos vergleichen konnte.

Erst als das Licht nicht mehr ausreichte, um die Seiten zu erkennen, hob Adrian, zum ersten Mal seit Stunden, seinen Kopf. Die Feuchtigkeit des alten Gemäuers schien in seine Glieder eingedrungen zu sein und sein Nacken hatte sich dermaßen verspannt, dass er einen stechenden Schmerz in den Schläfen spürte. In diesem Moment hörte er die schlurfenden Schritte Bruder Francescos, der ihn überzeugen wollte, nun aufzuhören.

„Hast du etwas gefunden?", erkundigte sich der alte Mönch.

Adrian schüttelte den Kopf. Immer wieder hatte er alles miteinander verglichen, aber keine Locke eines Haarschopfes bog sich in die falsche Richtung, kein Edelstein der zahlreichen Ringe und Ketten besaß eine abweichende Form und auch die Farben der Augen oder anderer Details unterschieden sich nicht voneinander. Bruder Francesco sah, wie enttäuscht Adrian war, und legte ihm eine Hand auf die Schulter.

„Sei nicht traurig, es ist eine schwere Aufgabe, die du dir gestellt hast“, versuchte er den Jungen zu trösten.

Adrian erwiderte nichts, sorgfältig verstaute er die Fotos und stellte das Buch an seinen Platz zurück. Dann verließ er, zusammen mit Bruder Francesco, die Bibliothek.

Als am Ende der Woche Marco wieder eine Kiste mit Fischen brachte, steckten im Maul des Seeteufels ein Brief von Tosca und eine Nachricht von Luca. Heute war die Mitteilung von Luca noch kürzer als gewöhnlich, dafür aber deutlich:

Schade, dass du Toscas Geburtstag vergessen hast, sie ist sehr traurig gewesen.

Sofort öffnete Adrian den Brief seiner Freundin, in dem sie erst am Schluss von ihrem Geburtstag berichtete. Adrian merkte an ihren Worten, dass Luca recht hatte. Beschämt über sich selbst, schrieb er einen langen Brief an Tosca und schlug für den nächsten Abend eine Zusammenkunft in der Fischerhütte vor. Nachdem er Marco die Nachricht mitgegeben hatte, suchte er die Schmiede des Klosters auf.

Da sie sich in der Fischerhütte treffen würden, hatten sich Tosca und Luca entschieden, erst im Schutz der Dunkelheit aufzubrechen. Tosca war heute ungewöhnlich still, sie freute sich auf das Wiedersehen mit Adrian, aber die vergangenen Monate machten ihr zu schaffen. Seit der Entführung von Adrians Eltern war die Fröhlichkeit von ihm gewichen und damit auch von ihrer Freundschaft. Alles hatte sich so sehr verändert und mit Wehmut erinnerte Tosca sich an die Unbeschwertheit ihrer gemeinsamen Zeit vor dem Verbrechen. Trotzdem war sie froh, dass Adrian lebte und sie sich zwar selten, aber regelmäßig sehen konnten.

Lucas Stimme holte sie in die Wirklichkeit zurück.

„Tosca, wir sind da. Ich fahre gleich wieder ein Stück hinaus und ankere dort. Wenn ich dich abholen soll, pfeif bitte. Grüß Adrian von mir!“

„Möchtest du nicht doch mitkommen?“, fragte Tosca.

„Nein, heute nicht, ich glaube, dass ihr ein Stündchen zu zweit gut gebrauchen könnt, und ich werde meinen Freund ja in ein paar Tagen treffen“, entgegnete Luca.

Tosca nickte und stieg die Treppe zur Fischerhütte hinauf.

Adrian saß am kleinen Tisch und starrte in die Flamme einer Kerze.

„Adrian, ich bin es“, begrüßte ihn Tosca leise.

Der Junge schreckte hoch und schloss Tosca lange in seine Arme. Dann deutete er auf den freien Stuhl und ging zu einem kleinen Vorratsschrank, aus dem er Limonade und Kekse holte. Währenddessen schaute sich Tosca in der Hütte um. Unter der Decke hing ein Fischernetz, in dessen Maschen Bojen, getrocknete Seesterne, Flaschen, versteinerte Seeigel, Holzstücke und anderes Treibgut steckten. In einer Ecke stand die Liege, auf der Giulio zwischen den verschiedenen Fangzügen wenige Stunden Schlaf gefunden hatte. Neben einer Schale und einem Wasserkrug lagen ein Stück Seife und ein grob gewebtes Handtuch.

Adrian forderte Tosca auf, ihm zu folgen. Sie setzten sich an den Rand der Terrasse und ließen ihre Beine durch die Holzstreben baumeln. Aneinander gelehnt verfolgten sie das nächtliche Geschehen auf dem Wasser. Es verging eine ganze Weile, bis Tosca fragte: „Schläfst du in letzter Zeit schlecht? Du siehst so müde aus!“

Adrian schüttelte den Kopf, dann nahm er Toscas Hand und steckte ihr einen Ring auf den Finger, den er in der vergangenen Nacht mithilfe des Mönchs für sie hergestellt hatte.

„Der Ring ist wunderschön, hast du ihn ganz allein geschmiedet? Er passt wie angegossen!“, rief Tosca voller Verwunderung aus und fuhr durch Adrians rotes Haar. „Danke, das ist das schönste Geschenk, das ich je bekommen habe“, freute sie sich und betrachtete immer wieder das Schmuckstück.

Der Ring bestand aus einem dünnen silbernen Reif, auf dem ein kleiner Stein in einer wellenförmigen Fassung bläulich schimmerte. So war er für Tosca, die das Wasser über alles liebte, wie geschaffen. Adrian freute sich, dass seiner Freundin der Ring gefiel. Er nahm ihre Hand und wieder schwiegen sie und schauten den funkelnden Sternenhimmel an.

„Die Polizei ist neulich noch einmal im Palast gewesen. Der Sohn von Signora Contarini hat sie sehr unfreundlich empfangen, bis er begriff, dass es Polizisten waren, die mit meinen Eltern sprechen wollten. Denkst du oft an deine Mutter und deinen Vater?“, erkundigte sich Tosca.

Tatsächlich überlegte Adrian unaufhörlich, ob seine Eltern sich noch in Venedig befanden oder auf eine der Laguneninseln verschleppt worden waren. Vielleicht hatte man sie an einen ganz anderen, weit entfernten Ort gebracht. Der Junge drückte Toscas Hand nun so stark, dass der Ring an ihrem Finger zu schmerzen begann. Lebten Fiora und Giulio noch? Adrian versuchte diesen Gedanken nicht zuzulassen, doch das gelang ihm nicht immer.

„Hast du auf den Fotos irgendetwas entdecken können?“, wechselte Tosca schnell das Thema.

Adrian schüttelte den Kopf. Tosca betrachtete wieder ihren Ring.

„Der Stein hat die Farbe der Lagune, wenn am Mittag die Sonnenstrahlen auf das Wasser treffen. Dann glitzert das Blau der Lagune wie dieser Stein, und an manchen Stellen kann man in den Wogen hellere Streifen erkennen, es ist das Blau, das ich am meisten mag. Nach einem Sturm sieht das Wasser ganz anders aus, schmutziger, es ist nicht so klar und das Blau hat einen starken Grünstich. Aber am unheimlichsten ist das Blau in der Nacht, es ist dann so dunkel, fast schwarz, dass es bis zum Grund der Lagune unendlich weit zu sein scheint."

Das Mädchen hätte sicherlich noch unzählige Beschreibungen für die verschiedenen Blautöne des Wassers gefunden, aber ein Pfiff drang durch die Stille der Nacht.

„Ich habe ganz vergessen, dass Luca auf mich wartet, ich muss gehen. Wir sehen uns am Freitag auf der Schlangeninsel", erinnerte Tosca ihren Freund.

Sie küsste Adrian zum Abschied und kletterte ins Boot, das Luca inzwischen zur Hütte gerudert hatte.

Adrian blieb am Geländer stehen, bis er das kleine Boot nicht mehr sehen konnte. Dann räumte er alles an seinen Platz zurück und machte sich ebenfalls auf den Weg.

Unruhige Nächte

Tags darauf half Adrian Bruder Francesco im Garten, sie pflückten die Rosenblüten, aus der die Marmelade gekocht wurde, die er schon als kleines Kind gekostet hatte. Nach getaner Arbeit holte sich Adrian ein Buch und setzte sich unter seinen Lieblingsbaum, um zu lesen. Einige Zeit später stand er auf und blickte über die Lagune. Adrian erinnerte sich an Toscas Schilderungen und versuchte die Farbe des Wassers zu erkennen, aber von hier oben konnte er nur das Glitzern der Oberfläche ausmachen. Plötzlich kam ihm eine Idee, er rannte zum Kloster und atmete erst wieder durch, als er vor dem prächtigen Mosaik stand. Konnte es so einfach sein? War es das, was Fiora bemerkt hatte? Noch einmal ging Adrian in die Bibliothek, doch anhand der Aufnahmen ließ sich nicht feststellen, ob seine Vermutung zutraf. Draußen war es bereits dunkel, also lief er, ohne jemandem Bescheid zu geben, zum Steg und ruderte nach Hadria.

Als Adrian sein Elternhaus betrat, war er so besessen von seinem Einfall, dass er zum ersten Mal nicht von Erinnerungen eingeholt wurde. Zielstrebig suchte er das kleine Döschen, in dem Fiora eine Hand voll der wertvollen Mosaiksteinchen aufbewahrte. Auch das Lederetui mit den Arbeitswerkzeugen steckte er ein. Dann machte er sich auf den Weg zum Haus seines Freundes. Luca lag im Bett und schlief tief und fest. Während Adrian ihn wachrüttelte, hielt er ihm den Mund zu, denn er befürchtete, dass Luca seine Eltern durch einen Aufschrei wecken könnte. Lucas weit aufgerissene Augen zeigten Adrian, dass er gut daran getan hatte.

„Bist du verrückt geworden, du hast mich fast zu Tode erschreckt!“, beschwerte sich Luca, nachdem Adrian seine Hand fortgezogen hatte.

Vergeblich versuchte Adrian zu erklären, was der Grund seines nächtlichen Besuchs war.

„Da es ja sehr wichtig zu sein scheint, schreib es ausnahmsweise auf", riet ihm sein Freund.

Ich bin vielleicht auf etwas gestoßen und brauche ein paar Mosaiksteine aus dem Badezimmer in Toscas Palast, kritzelte Adrian auf einen Zettel.

„Wofür denn das?", fragte Luca.

Adrian schüttelte abwehrend den Kopf.

„Also gut, ich werde Tosca nachher sagen, dass sie herausfinden soll, wann der Sohn verreist sein wird. Wegen der alten Dame mache ich mir keine Sorgen, aber ihr Sohn schleicht Tag und Nacht durch den Palast", überlegte Luca.

Die nächste Fischlieferung brachte die enttäuschende Nachricht, dass der Sohn erst in der übernächsten Woche auf eine mehrtägige Reise gehen würde. Adrian hatte in seinem Übermut nicht mit dieser Antwort gerechnet. Um das Warten zu verkürzen, bemühte er sich, die Aufgaben, die Orlando ihm gestellt hatte und die sich bereits stapelten, zu bearbeiten. Aber er konnte sich einfach nicht konzentrieren, also suchte er Zerstreuung, indem er mit Gufo lange Streifzüge über die Insel unternahm und in der Schmiede und der Backstube aushalf. Endlich erreichte ihn die Mitteilung, dass Signora Contarini nun allein im Palast sei und er seinen Plan in die Tat umsetzen könne.

Adrian antwortete Luca und Tosca sofort, sie mussten wissen, in welcher Nacht er kommen würde. Außerdem wollte er Luca davon abhalten, ihn zu begleiten, denn der sorgte sich scheinbar sehr, zumal sie beschlossen hatten, niemanden in ihr Vorhaben einzuweihen.

Es ist besser, wenn ich es allein mache. Falls irgendetwas schiefgehen sollte, musst du Hilfe holen. Wir dürfen uns nicht alle drei in Gefahr bringen, es ist schon schlimm genug, dass Tosca im Palast ist, während ich einbreche, schrieb Adrian seinem Freund.

Nachdem er Marco den Brief mitgegeben hatte, beeilte er sich, alles für den gefährlichen Ausflug vorzubereiten.

Dann war es so weit, Adrian fuhr nach Venedig und legte an dem Bootsanleger an, der gut verborgen an den Zugang zum hinteren Teil des Gartens grenzte. Er durchwatete die mit Wasser überflutete Treppe und öffnete das Tor, das Tosca heimlich aufgeschlossen hatte. Adrian zog seine Schuhe über die nassen Füße und rannte zum Hintereingang des Palastes.

Tosca hatte immer wieder auf die Uhr geschaut, bis sie sich endlich zur abgesprochenen Zeit nach unten geschlichen hatte, um Adrian hereinzulassen. Als sie gerade dabei war, die Tür zu öffnen, spürte sie eine feuchtwarme Hand auf ihrer Schulter und an dem süßlich riechenden Rasierwasser erkannte sie Signora Contarinis Sohn. Er war wie aus dem Nichts aufgetaucht, wirkte gehetzt und Schweißtropfen perlten von seiner Stirn.

„Was hast du hier zu so später Stunde zu suchen, schlafwandelst du etwa?“, stellte er das Mädchen zur

Rede. Noch bevor Tosca antworten konnte, stand Luca im Türrahmen. Er hatte es nicht auf Hadria ausgehalten und sich bei Burro, unter dem Vorwand, ihm helfen zu wollen, einquartiert. Adrian merkte zum Glück früh genug, dass etwas nicht stimmte, und versteckte sich in der Nähe in einem Busch.

„Ein Stelldichein mitten in der Nacht? Ich bin gespannt, was eure Eltern dazu sagen werden. Gut, dass ich meine Reise verschieben musste und so mitbekomme, was in meiner Abwesenheit alles passiert!“, höhnte der Sohn. „Wohnst du nicht auf einer der Laguneninseln?“, wandte er sich an Luca.

Luca nickte zur Bestätigung.

„Aber heute übernachte ich bei einem Freund in Venedig“, sagte er kleinlaut.

„Dann werde ich dich jetzt dorthin begleiten, nicht, dass mir noch jemand vorwirft, ich würde Minderjährige allein durch die dunkle Stadt spazieren lassen. Und du schließt die Tür hinter uns ab und gehst ins Bett“, forderte er Tosca unmissverständlich auf.

Luca wollte schon widersprechen, da fiel ihm ein, dass das die Gelegenheit für Adrian war, seinen Plan ungestört auszuführen. Also zog er mit seinem unangenehmen Begleiter davon.

Adrian zwängte sich sofort aus dem Gestrüpp und betrat den Palast. Tosca schob geistesgegenwärtig die Tür hinter ihm zu, verschloss sie allerdings nicht. Im Badezimmer angelangt machte sich Adrian gleich an die Arbeit. Er hatte seiner Mutter so häufig dabei zugesehen, dass er die Steinchen geschickt herauslöste und durch andere ersetzte. Er steckte sie in einen kleinen Beutel und gab ihn Tosca. Sie würde die Steine zu Orlando bringen, der sie dann dem Fabrikbesitzer zum Prüfen zeigen sollte.

Alles verlief reibungslos, aber als Tosca und Adrian sich am Hinterausgang verabschiedeten, hörten sie die Stimme des Sohnes:

„Wahrscheinlich hat das dumme Mädchen die Tür nicht abgeschlossen, ich überprüfe es besser!"

Ohne zu zögern nahm Tosca ihren Freund an die Hand und zog ihn zur vorderen Eingangstür, durch die Adrian im letzten Moment entwischen konnte. Tosca stolperte die Treppe zu ihrem Zimmer hoch und tastete sich im Dunkeln zum Bett. Erst als der Beutel unter dem Kopfkissen verstaut war, merkte sie, dass sie am ganzen Körper zitterte. Nun musste sie ihrem Lehrer noch alles beichten. Darauf freute sie sich ganz und gar nicht, denn sie hatten Orlando versprochen, keine Alleingänge zu unternehmen.

Adrian überlegte, wie er am schnellsten zu seinem Boot gelangen könnte. Der Steg war eigentlich nur über den Garten zu erreichen, aber er traute sich nicht dorthin zurück. Also musste er einen anderen Weg zum Kanal finden. Bisher war er nur selten in der Nacht in Venedig unterwegs gewesen, entweder in Begleitung seiner Eltern oder wenn er Tosca nach Hause gebracht hatte. Damals hatte die Stadt auch im Dunkeln freundlich und einladend auf ihn gewirkt. Heute erfüllten den Jungen die engen Gassen mit Unbehagen. Außerdem fürchtete er sich davor, das Ende eines Weges zu spät zu erkennen und in einen Kanal zu stürzen. Da bildete sich auf einer beleuchteten Hauswand der Schatten einer Gestalt ab. Adrian hastete weiter und hallende Schritte drangen durch die geisterhafte Stille. Wurde er verfolgt oder waren es seine eigenen Schritte? Um sicher zu sein, hielt er einen Moment an und versteckte sich hinter einem Brunnen und tatsächlich hörte er nichts mehr. Ihm gegenüber flackerte die Flamme einer Kerze vor einer Marienstatue und er machte das unheilvolle Geräusch von Wasser aus, das ganz in seiner Nähe an einen Holzsteg schlug. Adrian spürte, wie die Angst ihn zu beherrschen drohte, aber er ließ es nicht zu, gab sich einen Ruck und lief weiter. Plötzlich schallte ein Ruf durch die Nacht. Erleichtert vernahm er kurz darauf eine helle Frauenstimme, die antwortete. Adrian versuchte, nur noch auf den Weg zu achten und nicht zu den steinernen Gesichtern, die ihn schon als Kind geängstigt hatten, aufzusehen. Die durch das Mondlicht schrecklich verzerrten Fratzen schienen ihren Spaß mit ihm zu haben. Da entdeckte Adrian endlich einen Zugang zu dem Kanal. Er musste noch einige Meter auf der schmalen Kante der Kanalmauer entlang balancieren, bis er in sein Boot klettern konnte. Wieder bündelte sich die Konzentration auf die Technik des Ruderns und so erreichte Adrian schließlich das rettende Ufer der Insel, an dem nicht nur Gufo, sondern auch Bruder Francesco auf ihn warteten.

Aussergewöhnliche Schriftzeichen und geheime Orte

„Wo bist du gewesen?“, empfing ihn der alte Mann.

Adrian hatte Bruder Francesco noch nie so aufgelöst erlebt und ihn quälte das schlechte Gewissen. Also versuchte er alles zu erklären, aber nur durch gezieltes Nachfragen verstand Bruder Francesco allmählich den Grund des nächtlichen Ausflugs.

„Komm“, forderte er Adrian auf und ging mit ihm zur Klosterzelle des Bibliothekars. „Es ist so weit“, sagte Bruder Francesco an den Mönch gewandt.

Dieser nickte und erhob sich augenblicklich von seiner Liege. In der Bibliothek wählte er ein Buch aus, blätterte darin, und voller Erstaunen sah Adrian, dass ein Schlüssel in einer Aushöhlung der Seiten versteckt war. Der Bibliotheksmönch stellte das Buch an seinen Platz zurück und führte sie in einen anderen Saal. Gemeinsam schoben die beiden Mönche ein Regal zur Seite, um eine dahinter verborgene Tür freizulegen, die sich mit dem Schlüssel öffnen ließ. Noch einmal richtete Bruder Francesco das Wort an seinen Freund: „Eine Stunde bevor die Frühmesse beginnt!“

Wieder antwortete der Bibliothekar nur mit einem Nicken und verschloss hinter seinen beiden Begleitern sorgfältig den geheimen Eingang.

Nachdem das Geräusch der sich bewegenden Regalhälften verklungen war, zog Bruder Francesco eine Taschenlampe aus seiner Kutte. Sie spendete gerade so viel Licht, dass die Stufen einer nicht enden wollenden Treppe zu erkennen waren. Adrian kämpfte mit der Angst, die ihn befiel, sobald er dunkle, geschlossene Räume betrat. Doch es gelang ihm, sich zu kontrollieren, und er folgte dem Mönch, der die Stufen bereits hinabstieg. Schließlich durchschritten sie ein hölzernes Tor, das in ein riesiges, unterirdisches Gewölbe führte. Überwältigt betrachtete Adrian die Wände, die durch das flackernde Licht der Fackeln, die an verschiedenen Stellen aufgestellt waren, Mosaike preisgaben, die dem Jungen den Atem stocken ließen. Auch die Motive überraschten ihn. Adrian erkannte eine Burg, die einsam auf einer bewaldeten Anhöhe thronte, ein anderes Mosaik zeigte Höhlen, die in das Felsgestein mächtiger Berge gehauen waren, und ein drittes bildete eben jenes Kloster ab, in dem er nun seit Monaten lebte.

Bevor er sich weiter umsehen konnte, beendete Bruder Francesco das Schweigen.

„Du hast mich schon oft nach den außergewöhnlichen Zeichen gefragt, heute nun möchte ich dir antworten. Ich bin nicht sicher, ob du mit dem Eindringen in den Palast nicht einen Schritt zu weit gegangen bist, ich hoffe es nicht, aber ich hatte ohnehin vor, dich einzuweihen. Es gab eine Zeit, da mussten viele aus unserer Bruderschaft fliehen, ich erzähle dir ein anderes Mal davon. Damals beschlossen die Mönche, die froh waren, hier eine Bleibe gefunden zu haben, dass sie weitere Orte suchen mussten, die in Not geratenen Menschen, egal ob geistlicher oder weltlicher Herkunft, ein Versteck boten. Die umsichtigen Mönche taten noch mehr, sie entwickelten eine eigene Schrift. Dort hinten steht eine Druckmaschine, daneben werden die Setzkästen aufbewahrt, die mit den Schriftzeichen bestückt sind, die du hier in unserem Kloster auf den Fliesen entdeckt hast. Die Schriftstücke, die gedruckt wurden, beschreiben die Wege zu den Zufluchtsorten. Bis heute sind nur wenige Menschen von der Geheimschrift und dem damit verbundenen Vorhaben in Kenntnis gesetzt worden. In regelmäßigen Abständen jedoch werden jüngere Personen ausgewählt, an die das Wissen weitergegeben wird. Nun lehre ich dich, die Schrift zu lesen und zu schreiben. Falls du noch einmal fliehen musst, werden wir den Ort finden, an dem du bis zu deiner Rückkehr gut aufgehoben sein wirst. Danach ist es deine Aufgabe, das Erlernte zu nutzen und anderen deine Hilfe anzubieten."

Adrian schaute den Mönch fragend an. Was bedeutete das alles, was meinte Bruder Francesco?

„Du wirst es bald verstehen", versicherte ihm der alte Mann.

Adrian konnte sich kaum noch aufrecht halten, stundenlang hatte Bruder Francesco ihn die Zeichen schreiben lassen und deren Bedeutung erklärt. Ihm schmerzte der Kopf und die Mosaike verschwammen vor seinen Augen. Die Fackeln waren fast heruntergebrannt, als Adrian endlich das erlösende Geräusch der sich öffnenden Regale hörte. Der Junge schaffte es gerade noch, in seine Stallruine zurückzukehren, legte sich auf sein Bett und fiel sofort in einen tiefen Schlaf.

Die Farbe des Wassers

Vor einem halben Jahr hatten sich alle zum ersten Mal getroffen. Nun kletterten sie abermals die Leiter hinauf, die über die Dachluke in den verborgenen Raum führte. Nur Nonnina war zu Hause geblieben, die Ungewissheit über Fioras und Giulios Verbleib und der fehlende Kontakt zu ihrem Enkel nahmen sie zu sehr mit. Wieder eröffnete Bruder Francesco die Versammlung. Er erzählte, was in der letzten Zeit passiert war. Von dem Unterricht, den er Adrian erteilte, sagte er allerdings nichts. Diejenigen, die zum ersten Mal von dem Eindringen der Kinder in den Palast hörten, warfen Luca und Tosca tadelnde Blicke zu, aber die Worte des Fabrikbesitzers zogen zum Glück schnell ihre Aufmerksamkeit auf sich.

„Adrians Vermutung stimmt, die Steine, die für das Mosaik in dem Palast verwendet wurden, sind wertlose, wenn auch überaus gut gemachte Nachahmungen. Nicht auszudenken, sollte das auch in den alten Mosaiken unserer Stadt der Fall sein“, stellte er bekümmert fest.

Alle begriffen sofort, welche Tragweite das haben würde.

„Fiora hatte also dieselbe Vermutung wie Adrian, ist aber nicht mehr dazu gekommen, es zu überprüfen?“, vergewisserte sich Sergio.

„Ich denke, dass es so gewesen ist. Und wahrscheinlich ist das auch der Grund, warum Fiora und

Giulio entführt wurden. Diejenigen, die für den Raub der Mosaiksteine und die Entführung verantwortlich sind, werden ein und dieselben Personen sein“, pflichtete Antonella ihm bei.

„Ja, sie wollten verhindern, dass Fiora etwas verrät“, murmelte Marco.

„Wir sollten sofort zur Polizei gehen“, rief Rosanna empört aus.

„Nein, nicht solange Fiora und Giulio in ihrer Gewalt sind, das wäre viel zu gefährlich. Wenn die Schurken das herausbekommen, möchte ich nicht wissen, was sie mit den beiden anstellen. Und auch an Adrian müssen wir denken, vielleicht trauen sie dem Gerede nicht, dass er auf seiner Flucht ertrunken ist“, widersprach Orlando.

In diesem Moment erschien Burro mit einem schweren Tablett.

„Hier stinkt es wie in einem Pumakäfig, wieso habt ihr denn die Luke verschlossen?“, beschwerte er sich naserümpfend.

Alle waren so sehr mit dem eben Gehörten beschäftigt, dass keiner Notiz von Burro nahm. Also stieg dieser mit hochrotem Kopf zum Dach empor. Plötzlich wurden die um den Tisch Versammelten von einem kläglichen Rufen aus ihren Gedanken gerissen. Tosca, die bis dahin still da dagesessen hatte, konnte nicht anders und bekam natürlich einen Lachanfall. Burro, der in der letzten Zeit noch an Gewicht zugelegt hatte, steckte fest. Sein Kopf und Oberkörper schauten aus dem geöffneten Fenster heraus, während seine Beine haltlos über der Leiter baumelten. Erst als Orlando an einem und Sergio an dem anderen Bein zog, schafften sie es, den armen Mann aus seiner Notlage zu befreien. Jammernd und klagend saß Burro auf einer Sprosse der Leiter und rieb sich seine geschundenen Körperteile.

„Das habe ich nun davon, dass ich meinen eigenen Gerichten nicht widerstehen kann", stöhnte er und atmete einige Male heftig ein und aus.

„Reib die schmerzenden Stellen mit etwas Arnikasalbe ein, das wird dir Linderung verschaffen", riet Bruder Francesco ihm.

„Danke, das werde ich machen. Immerhin habt ihr jetzt ausreichend frische Luft", stellte Burro fest und verließ auffällig humpelnd das Hinterzimmer.

Die anderen blieben noch etwas und beratschlagten sich. Doch waren sich alle einig, dass sie nichts tun konnten, außer weiter aufmerksam zu sein. Tosca, die sich sofort über dieses magere Ergebnis beschweren wollte, wurde durch eine abwehrende Geste ihrer Mutter in die Schranken gewiesen. Also begleitete sie widerwillig ihre Eltern zum Palast. Nur die Aussicht, Adrian am nächsten Abend zu treffen, munterte Tosca ein wenig auf.

Endlich legten Luca und Tosca am folgenden Tag an der Hütte an. Luca hatte es sich nicht nehmen lassen und lange in der Küche gestanden, um ein Picknick vorzubereiten. Adrian saß in völliger Dunkelheit auf der Terrasse und wartete geduldig. Als er den großen

Korb sah, den Luca aus dem Boot wuchtete, erriet er den Grund der Verspätung.

„Es tut mir leid, Adrian, aber Luca ließ sich nicht davon abbringen, ein Festmahl für uns zu brutzeln", entschuldigte sich Tosca lachend.

Adrian zwinkerte seinem Freund anerkennend zu, holte drei Teller sowie einen Kerzenständer und setzte sich.

Tosca merkte schnell, wie gut die Idee von Luca gewesen war. Während sie aßen, erzählten sie sich Geschichten, und die Stimmung, die sich in dem kleinen Raum ausbreitete, erinnerte das Mädchen an vergangene Zeiten. Immer wieder wünschte sich Tosca, dass Adrian plötzlich reden würde, so auch heute, aber als sie von Burros Missgeschick berichtete, musste Adrian zwar lachen, doch kein Laut drang aus seinem Mund und die Freude drückte sich nur in der heftigen Bewegung seines Körpers aus. Tosca entging trotzdem nicht, dass Adrian erschöpft aussah.

„Schläfst du wieder so schlecht?", erkundigte sie sich, als der Schein der Kerze Adrians Gesicht erhellte.

Dieser nickte, da es die einfachste Erklärung für seine Müdigkeit war. Von den unendlichen Stunden bis tief in die Nacht, die er mit Bruder Francesco im Kellergewölbe saß, um die Schriftzeichen zu studieren, verriet er nichts.

Luca ließ sich auf Giulios Pritsche fallen, er habe so viel Essen in sich hineingestopft, dass er unbedingt ein Verdauungsschläfchen halten müsse, meinte er. Tosca und Adrian saßen nebeneinander auf der

Terrasse. Die Lagune glitzerte im Schein des Mondes und das Wasser lag so still da, dass es ebenfalls zu ruhen schien.

„Wie bist du eigentlich darauf gekommen, dass die Mosaike Fälschungen sein könnten?“, fragte Tosca an ihren Freund gelehnt.

Adrian nahm ihre Hand und zeigte auf den Ring. Als Tosca mit den Schultern zuckte, deutete er auf das Wasser der Lagune.

„Meinst du, meine Beschreibungen der unterschiedlichen Blautöne des Wassers? Du glaubst also, dass es etwas mit den Farben der Mosaike zu tun hat?“, vermutete Tosca nun richtig.

Sie wurden von Luca unterbrochen, der aufgewacht war und sich neben sie stellte.

„Wir sollten losfahren“, drängte er.

Adrian zog einen Zettel aus der Hosentasche und gab ihn seiner Freundin. Er hatte sich angewöhnt, die wichtigen Aufträge, die mit dem Verbrechen zusammenhingen, aufzuschreiben, da er sicher sein wollte, dass Luca und Tosca alles richtig ausführen würden. Tosca überflog den Zettel und reichte ihn an Luca weiter.

„Luca bringt mich morgen nach Hause, dann können wir sie gleich befragen, ihr schrecklicher Sohn ist noch verreist, da passt es gut“, versicherte Tosca.

Adrian war froh, das zu hören, er klopfte seinem Freund zum Abschied auf die Schulter und gab Tosca einen Kuss, danach machten die beiden sich auf den Weg nach Hadria.

Signora Contarini freute sich sehr, als Tosca und Luca sie am nächsten Tag besuchten. Wie immer bewirtete sie die Kinder mit feinen Tortenstücken und wollte genau wissen, was sie in der letzten Zeit alles erlebt hatten. Schließlich fand Tosca, dass sie nun höflich genug gewesen waren und sie Signora Contarini die Fragen stellen konnten, die Adrian ihnen genannt hatte und die der eigentliche Grund ihres Besuches waren.

„Könnte ich mir vielleicht noch einmal das Mosaik im Badezimmer ansehen?", erkundigte sich Tosca.

„Natürlich, heute stört uns auch niemand dabei", antwortete die alte Dame verschmitzt lächelnd. Sie erhob sich sofort von ihrem Stuhl und ging mit den Kindern zum Badezimmer.

„Es ist wirklich wunderschön", lobte Tosca das Kunstwerk, nachdem sie es einige Zeit betrachtet hatte.

„Ja, das finde ich auch", pflichtete Luca ihr bei. „Wie alt ist es eigentlich?", fragte er dann.

„Es wurde vor ungefähr zehn Jahren gelegt, damals schenkte mir mein lieber Mann zu unserem Hochzeitstag ein selbst gemaltes Bild. Ich wählte es als Vorlage für dieses Mosaik aus. Leider erlebte mein Gatte die Fertigstellung nicht mehr, denn er starb damals ganz plötzlich", fügte Signora Contarini mit bebender Stimme hinzu. „Vor zwei Jahren wurde das Mosaik allerdings restauriert. Mein Sohn schickte mich auf eine mehrwöchige Reise, damit der Künstler in Ruhe arbeiten konnte. Ich wunderte mich sehr darüber, denn sowohl die Reise als auch die Restaurierung waren sicherlich mit großen Ausgaben verbunden. Mein Sohn dreht eigentlich jedes Geldstück zweimal um, wenn ihr wisst, was ich meine", gab sie bereitwillig Auskunft.

„Und haben Sie ihn danach gefragt?"

„Ja, Tosca, aber ich hätte es lieber nicht tun sollen. Ich musste mir anhören, ob ich schon erblindet sei und nicht sehen würde, welch große Schäden das Mosaik inzwischen hätte. Ob ich glaubte, dass er das zum Vergnügen machen würde, es koste ihn schließlich ein Vermögen. Aber als Kunsthistoriker würde er sich verpflichtet fühlen, das Mosaik zu erhalten!"

Als alle wieder am Kaffeetisch saßen, erzählte die Hausherrin weiter.

„Ich genoss die Reise sehr, aber da ich erkrankte, musste ich früher als geplant nach Hause zurückkehren. Ich erinnere mich noch gut daran. Die Arbeiten waren noch nicht abgeschlossen, und der Mosaizist ist der unfreundlichste Mensch gewesen, den ich bis dahin erlebt hatte", ereiferte sich Signora Contarini.

„Es ist aber wirklich schade, dass Sie die Reise damals abbrechen mussten", bedauerte Tosca die alte Dame.

„Ja, das stimmt. Aber die Hauptsache ist doch, dass Sie wieder gesund geworden sind", meinte Luca mitfühlend.

Nun unterhielten sie sich noch lange über die herrlichen Mosaike im Markusdom und die schönsten Stellen in der Lagune, die Signora Contarini so liebte. Während Luca und die Signora fachsimpelten, welches die besten Konditoreien in Venedig wären, sah Tosca auf die Uhr.

„Oh, es ist spät geworden und ich habe meinen Eltern versprochen, dass ich noch ein paar Sachen einkaufen werde. Vielen Dank für den schönen Nachmittag, aber wir müssen nun wirklich aufbrechen", entschuldigte sich Tosca und warf Luca einen auffordernden Blick zu.

„Was müssen wir denn besorgen? Ich wusste gar nichts davon", wunderte sich Luca, als sie schon draußen auf der Gasse standen.

„Das war geschwindelt", gab Tosca zu, „aber wir sollten sofort zur Mosaikfabrik laufen, bevor sie schließt. Komm schon, ich erkläre es dir auf dem Weg!"

„Da steht es", sagte der Fabrikbesitzer. Er tippte mit dem Finger auf eine Seite des dicken Buches, in dem alle Aufträge verzeichnet waren. „Der Mosaizist, der das Mosaik restaurierte, arbeitet allerdings nicht mehr hier. Er ist ein Meister seines Fachs, deswegen ließ ich ihn nur ungern gehen, aber er ist ein so unangenehmer Zeitgenosse, dass ich ihm kündigte. Er lebt noch in Venedig, ich habe ihn einmal in Burros Café getroffen."

„Ach wirklich, wie sieht er denn aus?", fragte Luca interessiert nach. Der Fabrikbesitzer beschrieb den Mann.

„Das ist der Mann, der uns verfolgt hat, erinnerst du dich? Wir haben uns doch bei Orlandos Freundin vor ihm versteckt“, sagte Luca an Tosca gewandt.

„Ja, du hast recht, es muss der Kerl sein, den Burro schon einige Male hinauswerfen wollte!“, rief sie aufgeregt.

„Geht ihm bloß aus dem Weg, er scheint wirklich das Herz nicht am rechten Fleck zu haben“, riet der Fabrikbesitzer den Kindern und begleitete sie zum Ausgang.

Tosca und Luca rannten zum Rialtomarkt, um Marco einen Brief für Adrian mitzugeben. Glücklicherweise trafen sie den Fischhändler noch an, der dabei war, seinen Stand aufzuräumen.

„Kannst du uns ein Stück von der Bonrolle und einen Stift geben, bitte?“, flüsterte Tosca ihm zu.

Marco reichte ihr das Papier und einen Kugelschreiber und Tosca schrieb hastig eine Nachricht für Adrian, in der sie von den interessanten Neuigkeiten berichtete. Als Tosca sicher war, dass sie niemand beobachtete, gab sie Marco den Zettel und den Stift zurück.

Wenig später trennten sich Tosca und Luca am Bootsanleger. Luca ruderte nach Hadria, denn er musste abends in der Trattoria aushelfen. Tosca lief ebenfalls nach Hause. Ihre Eltern hatten endlich für die Oper, nach der sie ihre Tochter benannt hatten, Karten kaufen können. Das Mädchen war ganz aufgeregt und freute sich sehr auf die Aufführung in dem berühmten Opernhaus der Stadt.

Nach der Oper legte sich Tosca sofort schlafen. Sie dachte an Adrian und sehnte sich sehr nach ihm. Als ihre Mutter kam, um ihr eine gute Nacht zu wünschen, fragte sie Antonella: „Mama, gestern in der Fischerhütte hatte ich das Gefühl, dass Adrian gleich etwas sagen würde, aber leider ist es nicht geschehen. Wird er für immer stumm bleiben?"

Antonella setzte sich auf die Bettkante und überlegte einen Moment, bevor sie antwortete.

„Eine entfernte Verwandte von mir verlor ihr erstes Kind bei der Geburt. Auch für sie war dieses Erlebnis so schrecklich, dass sie verstummte. Erst viele Jahre später, als sie schon zwei gesunde Mädchen bekommen hatte, begann sie wieder zu sprechen. Ich weiß es leider nicht, aber genau wie du hoffe ich sehr, dass Adrian seine Eltern schon bald in die Arme schließen kann. Dann glaube ich fest daran, dass er seine Sprache wiederfinden wird. Bis dahin kümmern wir uns alle zusammen um ihn", versprach Antonella ihrer Tochter und verließ das Zimmer.

Die keifende Stimme und eine Entdeckung

Adrian hatte es sich zur Gewohnheit gemacht, regelmäßig zur Schlangeninsel zu fahren. Als Mönch verkleidet, war es für ihn eine seltene Gelegenheit, das Kloster zu verlassen. Die Feststellung seines Vaters bestärkte ihn darin.

„Ich glaube nicht, dass sie irgendjemand in den letzten Jahren betreten hat“, hörte er Giulio sagen, als wäre es gestern gewesen.

Adrian setzte sich auf eine Mauer, um sich auszuruhen. Nun wusste er, was Fiora vermutet hatte: Den Raub der Mosaike, die als Kunstschätze in den Kirchen versammelt waren und die aus sehr alten, überaus wertvollen Mosaiksteinen bestanden. Und auch vor den jüngeren Mosaiken, die zahlreiche Paläste Venedigs schmückten und für die ausschließlich die berühmten Mosaiksteine aus der hiesigen Fabrik verwendet wurden, hatten die Diebe nicht Halt gemacht. Ein Lächeln huschte über Adrians Gesicht, als ihm einfiel, dass auch der Sohn von Signora Contarini auf den Schwindel hereingefallen war und sein von ihm so behütetes Mosaik nur aus minderwertiger Ware bestand. Es geschah diesem unfreundlichen Geizkragen ganz recht. Aber warum hatte Fiora sich niemandem außer Giulio anvertraut? Befürchtete sie, falls sie sich irren sollte, ihren Ruf als hervorragende Mosaizistin aufs Spiel zu setzen?

Adrian stand auf und beobachtete einen Kormoran, der über das Wasser flog und auf einem Pfahl landete. Da bemerkte er voller Entsetzen, dass ein schnelles Boot eindeutig Kurs auf die Insel nahm. Kurz bevor ihn die Mannschaft des Bootes ebenfalls entdecken würde, rannte er zur Ruine und hastete genau die Stufen hinunter, bei denen er sich vor einiger Zeit noch geweigert hatte, sie zu betreten. Der Junge verfluchte seine Kutte, über deren langen Saum er immer wieder stolperte. Schließlich machte Adrian einen Hohlraum im dichten Gestrüpp aus, der gerade so viel Platz bot, dass er sich darin verbergen konnte. Das natürliche Dach aus Ästen, Laub und Brombeerdornen zerkratzte sein Gesicht und nahm ihm die Luft zum Atmen. Unter sich spürte er die Knochen, die überall auf der Insel vergraben waren, und ein unheimliches Knacken zerberstender Gerippe ließ ihn erschauern. Als irgendetwas über seinen Rücken krabbelte, zwang er sich, ruhig zu bleiben, damit er das Gespräch der Schiffsbesatzung, die inzwischen auf der Insel angekommen war und die ganz in seiner Nähe sein musste, belauschen konnte.

„Damit verdiene ich mehr als in vielen Jahren in der Fabrik. Gut, dass er mich rausgeschmissen hat“, stellte eine tiefe Männerstimme fest.

„Ja, zum Glück für mich, denn so konnte ich einen der fähigsten Mosaizisten Venedigs für meine besondere Geschäftsidee gewinnen“, entgegnete eine weitere Person.

Adrian kam die Stimme bekannt vor, aber er erinnerte sich nicht, wo er sie schon einmal gehört hatte.

„Die beste Mosaizistin konntest du ja auch nicht darum bitten, im Gegenteil, sie war nahe daran, alles zu verraten!“, meinte der erste Mann.

Adrian versuchte sich ein kleines Guckloch in das Gestrüpp zu formen, aber er erreichte damit nur, dass er sich seine Hände blutig riss.

„Die dumme Gans, das gehörte nicht zu meinem Plan, die Entführung der beiden war eigentlich nicht vorgesehen. Zum Glück tappt die Polizei im Dunkeln, sie haben die Suche in Venedig eingestellt, obwohl es dort natürlich die besten Verstecke gibt", ereiferte sich jemand unangenehm keifend.

Da auf einmal fiel es Adrian ein: Die Stimme gehörte zu dem Sohn, der in Toscas Palast wohnte. Signora Contarinis Sohn, er war sich absolut sicher. Und seine Eltern lebten und wurden in Venedig gefangen gehalten. Adrian meinte, verrückt zu werden, er wollte sofort aufbrechen und seine Mutter und seinen Vater befreien. Sie leben und sie halten sich ganz in meiner Nähe auf, pulsierte es immer wieder durch seinen Kopf. Und der Sohn von Signora Contarini war für alles verantwortlich. Adrian würde nur die anderen benachrichtigen müssen und die Polizei würde den Palast stürmen und den Übeltäter gefangen nehmen.

Adrian wurde durch ein Zupfen und Picken an der Gestrüppdecke abgelenkt. Er hatte Gufo zurückgelassen, der nun versuchte, zu ihm durchzudringen.

„Was macht dieses Federvieh dort?", wunderte sich Signora Contarinis Sohn.

„Keine Ahnung, aber es nervt, dem werde ich einmal das Fliegen beibringen!", prahlte sein Partner gehässig und hob einen Stein vom Boden auf.

Adrian hörte ein ängstliches Gekrächz und er befürchtete, dass Gufo getroffen worden war. Doch nur Sekunden später stellte er erleichtert fest, dass Gufo sich vor dem nächsten Wurfgeschoss in Sicherheit brachte und schnell davonflog. Eine unbändige Wut stieg in dem Jungen auf, nicht nur waren die beiden Kerle für sein ganzes Unglück verantwortlich, nun schmissen sie auch noch mit Steinen nach seinem liebgewonnenen Kauz. Wären sie nur einen Moment länger geblieben, hätte sich Adrian auf die zwei Männer gestürzt.

„Komm, lass uns endlich die Kiste im Gewölbe verstecken, hier gibt es noch jede Menge andere Viecher, und ich bin froh, dass wir bisher keine Bekanntschaft mit ihnen gemacht haben", forderte Signora Contarinis Sohn seinen Begleiter auf. Kurz darauf vernahm Adrian das Geräusch sich entfernender Schritte.

Nun folgten die längsten Minuten, die Adrian je durchlitten zu haben glaubte. Er musste noch eine ganze Weile in seinem Versteck ausharren, bis er sicher sein konnte, dass die Männer die Insel verlassen hatten und er vom Wasser aus nicht mehr zu sehen war. Sein zusammengekauerter Körper schmerzte, das Blut tropfte von seinen Händen und die Gedanken schossen wie ziellose Pfeile ungeordnet durch seinen Kopf. Seine Eltern lebten, er konnte es immer noch nicht glauben, und doch erfasste ihn Panik, dass er es nicht schaffen würde, Fiora und Giulio endlich wiederzusehen. Dann wagte er es, sich aus seinem Unterschlupf zu befreien und nach draußen zu klettern. Adrian lief zuerst zum Gewölbe, um nach der Kiste Ausschau zu halten, die er unter ein paar losen Brettern versteckt schnell entdeckte.

Adrian öffnete den Deckel und traute seinen Augen nicht, denn die Kiste war randvoll mit

Mosaiksteinen gefüllt. Wie in einer Schatztruhe funkelten sie ihm diamantengleich entgegen, und sofort verstand Adrian, dass er gefunden hatte, wonach er suchte. Toscas Schilderungen und die des Fabrikbesitzers hatten ihm die Spur gewiesen. Hier war alles versammelt: Die unvergleichliche Farbe der Morgenröte, der Goldton, der an den einzigartigen Schleier erinnerte, der sich in der Abenddämmerung über die Lagune legte, und die Blautöne des Wassers, die seine Freundin so wunderschön beschrieben hatte.

„Diese leuchtende Strahlkraft besitzen nur die echten Steine", das waren die Worte des Fabrikbesitzers gewesen.

Da lag es nun vor ihm, das gestohlene Mosaik, das mit Sicherheit aus einer der Kirchen oder Paläste Venedigs stammte.

Adrian griff mitten in diesen Schatz und steckte ein paar Steine in die Tasche seiner Mönchskutte, dann suchte er Gufo und lief mit dem Kauz auf seiner Schulter zum Boot.

Immer wieder verfingen sich die langen grünen Algen in dem Ruderblatt und verlangsamten die Fahrt. Vor Freude und Erschöpfung flossen die Tränen über das Gesicht des Jungen. Wie sehr hatten sie versucht, herauszubekommen, was mit seinen Eltern geschehen war, und nun fügte sich alles zusammen. Nicht nur, dass er jetzt sicher sein konnte, dass Fiora und Giulio lebten und in Venedig gefangen gehalten wurden, auch erahnte er allmählich das ganze Ausmaß des Verbrechens. Signora Contarinis Sohn war nicht als Opfer zu beklagen, sondern dieser skrupellose Kerl musste sich sowohl für die Entführung seiner Eltern als auch für den Diebstahl des Mosaiks als Täter verantworten. Zusammen mit dem gewissenlosen Mosaizisten plünderte er die Kunstwerke und trieb einen gewinnbringenden Handel mit ihnen. Das waren zwei ungeheuerliche Straftaten, die beide Männer für viele Jahre ins Gefängnis bringen würden.

Als die Umrisse der Klosterinsel in der allmählich eintretenden Dämmerung vor Adrian auftauchten, wischte er sich die Tränen aus dem Gesicht, beschleunigte seinen Ruderschlag noch einmal und legte am Ufer an. Völlig ermattet, aber überglücklich rannte er los, um die gute Nachricht zu überbringen.

Im Schein der Fackeln

Adrian musste Bruder Francesco nicht suchen, denn schon von Weitem sah er ihn den Hügel hinunterlaufen. Er hatte offensichtlich nach ihm Ausschau gehalten. Ohne den Jungen zu fragen, wo er gewesen sei, stieg der alte Mann den steilen Hügel wieder hinauf und deutete auf die Lagune.

„Du wurdest verfolgt, hast du es nicht bemerkt?"

Es stimmte, das Licht eines Bootes war ganz deutlich zu erkennen. Dann hatten sie ihn also doch gesehen. Adrian versuchte Bruder Francesco alles zu erklären. Da der Mönch wusste, dass Adrian ab und zu zur Schlangeninsel fuhr und zudem die richtigen

Fragen stellte, konnte er die Gesten des Jungen entschlüsseln. Adrian hatte diesen Augenblick so sehr herbeigesehnt und sich darauf gefreut, die wunderbaren Neuigkeiten zu überbringen. Doch jetzt kam alles anders. Die ganze Erleichterung verwandelte sich in eine unbändige Angst, denn nun wussten die Verbrecher, dass er lebte und wo er sich versteckte. Was würden sie mit seinen Eltern anstellen? Adrian war wie gelähmt und bekam nicht mit, dass das Licht seine Position änderte und das Boot abdrehte. Zum Glück reagierte Bruder Francesco sofort:

„Leider ist es doch so gekommen, du musst fliehen. Sie werden zurückkehren, um dich zu holen, denn du kennst nun ihr Geheimnis! Wer weiß, wozu die Verbrecher fähig sind und ob wir dich hier vor ihnen beschützen können. Es bleibt keine Zeit, nach Venedig zu rudern und Hilfe zu holen!"

Wieder nahm er den Jungen an die Hand und schleppte ihn zu dessen Behausung.

„Pack das Nötigste zusammen und nimm die Fotografie mit, schnell!", drängte Bruder Francesco.

Wenige Minuten später weckten sie den Bibliothekar, der ihnen den Eingang zum Kellergewölbe öffnete.

Die beängstigende Stille und das unheimliche Flackern der brennenden Fackeln, die einzelne Motive der Mosaike gespenstisch verformten, schüchterten Adrian ein. Er hatte alles verdorben, genau in dem Augenblick, als er dachte, dass es endlich vorbei sein würde. Bruder Francesco blickte weiter auf die

Mosaike, er schien auf etwas zu warten, da leuchteten plötzlich Schriftzeichen auf, die eines der Mosaike wie ein Bild einrahmten. Adrian erkannte ein Haus, blühende Wiesen und einen großen See. Er war zu aufgeregt, um die Schriftzeichen zu übersetzen, aber Bruder Francesco studierte sie aufmerksam und murmelte: „Also dort", woraufhin er im benachbarten Gewölbe verschwand.

Auch in diesem unterirdischen Saal reihten sich unzählige Regale aneinander, die mit dicken Büchern, dünnen Heften und gestapelten Zeitungen gefüllt waren. Bruder Francesco zählte die Buchrücken, an denen er langsam entlang schritt. Er wählte ein Buch aus, blätterte darin und zog ein Pergament, das zwischen zwei Seiten aufbewahrt wurde, heraus. Adrian, der immer noch das Mosaik anstarrte, ahnte nicht, dass die Schriftzeichen genau in diesem Moment erloschen.

„Auf diesem Blatt findest du die Wegbeschreibung zu einem Ort, an dem du in Sicherheit sein wirst. Es ist ein weiter Weg, denn die Zufluchtsorte befinden sich immer in anderen Ländern!", hörte er die Stimme des Mönchs, der wieder neben ihm stand.

Adrian faltete das Pergament auseinander und entzifferte die ersten Sätze, die in jener Schrift verfasst waren, die er so mühsam hatte erlernen müssen.

„Merke dir nur den Anfang, alles Übrige kannst du dir später anschauen. Es bleibt keine Zeit, sie werden bald hier sein. Den anderen Mönchen und mir tun sie nichts an, außerdem werde ich gleich nach Hadria fahren und Rosanna und Sergio darum bitten, die Polizei in Venedig anzurufen. Sorge dich nicht, es wird nicht lange dauern, dann hörst du von uns und kannst umkehren und deine Eltern in die Arme schließen“, versprach der alte Mann hastig.

Nun bat er Adrian darum, ihm das Foto zu geben. Mit zitternder Hand schrieb Bruder Francesco in großen Buchstaben den Namen Adrian auf die Rückseite der Ablichtung. Auch wenn er hoffte, dass seine Prophezeiung in Erfüllung gehen würde, nahm ihn die abermalige Flucht seines Schützlings sehr mit. Adrian schaute wieder auf das Mosaik und meinte, einen großen Baum, eingehüllt in eine seltsame Pflanze, die strahlend weiße Blüten schmückte, zu erkennen.

Da ergriff der Mönch noch einmal das Wort: „Nimm die Fotografie, sie gibt dir die Zuversicht, dass auf Hadria dein Zuhause ist!“

Er lief mit Adrian zu einem Tor, das am Ende des Gewölbes mit einem querliegenden Balken verschlossen war. Nachdem Bruder Francesco und Adrian gemeinsam den schweren Balken angehoben hatten, betraten sie eine Treppe, die zu einem Steg führte.

„Diese Treppe haben schon einige Menschen vor dir benutzen müssen. Es ist ein geheimer Zugang zur Lagune. Am Ende des Stegs findest du ein Boot, mit dem du den ersten Teil deiner Reise zurücklegen wirst. Den weiteren Weg weist dir der Text auf dem Pergament. Erzähl niemandem deine Geschichte und kehre nicht um, bevor du eine Nachricht von mir erhalten hast!“, schärfte Bruder Francesco dem Jungen ein.

Dann drückte er Adrian an sich, bis er ihn sanft von sich schob. Adrian schaute in die Richtung des Bootes und sah das Wasser, das unendlich weit vor ihm lag. Als er sich wieder umdrehte, stand er allein auf dem Steg, von dem Mönch war nichts mehr zu sehen.

Also kletterte Adrian ins Boot. Die ersten Sätze der Wegbeschreibung hatten sich fest in seinem Gedächtnis verankert, sobald er sich weit genug vom Kloster entfernt hatte, wollte er die Fortsetzung lesen. Wieder war er ganz auf sich gestellt und das Gefühl der Einsamkeit verstärkte sich durch die undurchdringliche Schwärze des Wassers und der sternenlosen Nacht. Auf einmal hörte er einen bekannten Ruf und sogleich setzte sich Gufo auf seine Schulter und rieb seinen Schnabel zur Begrüßung an Adrians Ohr. Glücklich liebkoste er den kleinen Kauz, Gufos Gesellschaft und die Hoffnung, dass schon bald alles überstanden wäre, gaben ihm die Kraft, weiter zu rudern.

Bruder Francesco war zum Aussichtspunkt geeilt und beobachtete erleichtert, dass sich das Boot, in dem Adrian saß, schnell vom Kloster entfernte. Erst als er nichts mehr erkennen konnte, fuhr er nach Hadria. Tosca, die einen leichten Schlaf hatte und bei Luca übernachtete, bemerkte ihn als Erste. Nun saßen sie alle in dem Gastraum der Trattoria und hörten dem Mönch gebannt zu. Nach Atem ringend schilderte der alte Mann in knappen Sätzen, was vorgefallen war, und Toscas Gesichtszüge erhellten sich mit jedem Wort.

„Luca, es ist vorbei, die schreckliche Zeit hat ein Ende, ich bin so froh!“, rief sie voller Freude.

Da erst fiel ihr auf, dass Luca kreidebleich war. Als sie sich umsah, knieten Lucas Eltern neben Bruder Francesco, der auf dem Boden lag.

„Wir können nichts mehr für ihn tun“, meinte Sergio und schloss dem Mönch vorsichtig die Augen. „Sein Herz hat die Erschöpfung und Sorge um Adrian nicht länger ertragen“, fügte er, sichtlich erschüttert, hinzu.

Bruder Francesco war gestorben, noch bevor er hatte verraten können, wohin Adrian aufgebrochen war. Er nahm den Ort, an dem der Junge nun Zuflucht suchen würde, mit in sein Grab.

„Wir finden ihn, es wird alles gut!“, versuchte Rosanna die Kinder zu trösten, doch dann versagte auch ihr die Stimme.

Pläne

Die sanften Strahlen der aufgehenden Sonne begleiteten den kleinen Kauz auf seinem ersten Flug über den See. Adrian stand am Ufer und verfolgte die immer größeren Kreise, die Gufo über der ruhigen Wasseroberfläche zog. Die Gedanken nahmen den sprachlosen Jungen ein:

Es ist ein schöner Ort, die Flucht ist geglückt, aber ich musste alle zurücklassen, die ich liebe. Bruder Francesco hat gesagt, dass ich hier auf Menschen treffen würde, die mich verstehen werden. Sie würden mich ebenso wie er es getan hat, in ihr Herz schließen.

Adrian nahm das kleine Döschen mit den Mosaiksteinen aus seiner Tasche, setzte sich und betrachtete die Steine.

Aber ich kehre zurück, sobald sie die Verbrecher eingesperrt und meine Eltern befreit haben. Dann werde ich Mama dabei helfen, die Mosaike zu erhalten, Papa begleite ich auf seinen Fahrten durch die Lagune und mit Luca streife ich durch Hadria. Er wird mich sicherlich mit einem Willkommensessen empfangen.

Gufo landete auf dem Ast des Baumes, an dessen Stamm sich Adrian nun gelehnt hatte, und steckte den Kopf unter seinen Flügel.

Orlando wird mich unterstützen, meine Studien fortzusetzen, und Bruder Francesco gehe ich bei der Arbeit im Klostergarten zur Hand. Burro unterhält uns natürlich zwischendurch mit seinen lustigen Geschichten und bestimmt bewirtet er uns fürstlich.

Dann lächelte er.

Und Tosca, Tosca wird mit ihren Händen durch mein Haar streichen und gemeinsam betrachten wir die Blautöne des Wassers und versuchen, den goldenen Schimmer der Lagune zu entdecken.

Wenn Tosca aber damit beginnt, die Meere zu erforschen, dann werde ich bei ihr sein und jede Minute auf sie aufpassen.

Ende

Nicolette Webel
LINA, PAWEL UND DER
VERGESSENE GARTEN

277 Seiten,
ISBN 978-3-00-064892-2
APRIL VERLAG

Die Geschwister Lina und Pawel entdecken den riesigen, vergessenen Garten und lernen dort das alte Ehepaar Emilie und Georg sowie den geheimnisvollen, stummen Adrian kennen. Es eröffnet sich ihnen eine Welt der Natur und ihrer Magie, in der sie so manches Abenteuer erleben. Wunderschön erzählt, liebevoll, spannend und voller Poesie. Ein Buch, das Kinder und Erwachsene gleichermaßen verzaubert und welches auf besondere Weise die Einzigartigkeit der Natur vor Augen führt.

In *Lina, Pawel und der vergessene Garten* steht der stumme und geheimnisvolle Adrian eines Tages am großen See des vergessenen Gartens. Weshalb spricht er nicht und aus welchem Grund erfährt niemand etwas über sein bisheriges Leben?
Jetzt erzählt die Autorin Adrians Geschichte.